Anka Chilla
Wunder lauern überall

Anka Chilla, geb. 1964, studierte an einer Fachschule u. a. Pädagogik und Kinderliteratur, belegte ein Fernstudium zur „Technik der Erzählkunst" und schreibt am liebsten Kurzgeschichten. Sie arbeitete als Kindergärtnerin und für die Hörspielabteilung des Rundfunks der DDR, organisierte Schulfahrten für umweltgeschädigte Kinder und trat in ihrer Jugend als Puppenspielerin auf. Zurzeit ist sie im Management von Einkaufscentren tätig und wohnt mit ihrem Mann in Grünheide. In ihrer Freizeit ist sie gern mit Pferd, Kajak oder Fahrrad in der Natur unterwegs und sammelt Inspirationen für ihre Geschichten. 2022 erschien der erste Band ihrer Minutengeschichten „Schweinehunde beißen nicht" sowie das Hörbuch „Der Glücksbringer der Skikinder", gelesen von der Schauspielerin Roswitha Schreiner.

Anka Chilla

Wunder lauern überall

Minutengeschichten zum Mitnehmen, Mitentdecken und Mitreisen

Bibliografische Information der
Deutschen Nationalbibliothek:
Die Deutsche Nationalbibliothek verzeichnet diese
Publikation in der Deutschen Nationalbibliografie;
detaillierte Daten sind im Internet unter
dnb.dnb.de abrufbar.

Coverfoto: Anka Chilla

Covergestaltung: DigiBuchService
(http://www.digibuchservice.de/)

Buchsatz: DigiBuchService
(http://www.digibuchservice.de/)

Fotos: siehe Bildnachweis im Anhang;

Herstellung und Verlag:
BoD – Books on Demand, Norderstedt
(http://www.bod.de)

ISBN: 978-3-7347-3697-1

Inhalt

Vorwort.. 9

In Bedrängnis 11

Fabelwesen 14

Schnee im Juli...16

Lichterkette 18

Der Weg..20

Im Elbsandsteingebirge.........................22

Rummel 25

Der Beobachtungsturm 28

Laut...31

Die Gartenbahn am Bernsteinberg...........33

Beelitz Heilstätten 37

Die Herausforderung............................40

Neuhardenberg-Nacht...........................42

Festival of Lights 45

Schneckbi...49

Der Teufelsberg 52

Mittagspause 56

In den Dolomiten 59

Nachts auf dem See...............................62

Glücksstern 64

Winter im Spreewald..............................66

Die Magie der Fjorde..............................70

Gesichter meines Vaters 72

Tafli 75

Die Kutsche 78

Das Sternenzelt 82

Von Südafrika über Grünheide zum Mars ..86

Ivo 89

Der Mauerweg 91

Ein Hofstaat auf Reisen 94

Abu Salam 97

In der Kirche 100

Auf dem Glafsfjorden 102

Der Laden 106

Ferien bei Oma 109

Der Wurzeltroll und das fliegende Kalb ..112

Pedro 115

Lichterfahrt 118

Hufe und Kufen 120

Der Zaunkönig 123

Am Werbellinsee 126

Corona Camping 129

Die Gänsewiese 132

Tag der offenen Tür 135

Der Tiergarten des Königs 137

Der Wohnwagen 139

Kirschen und Lieder 142

Schwimmen mit Shaft 144

Im Regenland 147

Veränderungen 149

Weihnachtsmarkt 152

Doktor Natur 155

Fohlennasen 156

Das alte Hotel 159

Charlie und die Gabel 163

Nachwort 166

Vorwort

Auch für den zweiten Band meiner Minutengeschichten habe ich Texte ausgewählt, die unter dem Namen „Schreiben gegen die Zeit" in verschiedenen Schreibforen entstanden sind. Die Teilnehmer haben sechzig Minuten Zeit, zu einem spontan gewählten Thema eine Geschichte zu verfassen, die anschließend bewertet und kommentiert wird. Diese Art des Schreibens ist zu meiner Leidenschaft geworden.

Im vorliegenden Band erzähle ich von Unternehmungen und Entdeckungen, die mich in den letzten zehn Jahren berührt, begeistert oder auch verwundert haben. Meist habe ich die Geschichten selbst erlebt, manche davon in der Phantasie und ab und zu mag ich es, die Dinge aus einem ungewöhnlichen Blickwinkel zu betrachten.

Ich freue mich, euch auf meine Ausflüge mitzunehmen. Los geht's!

Anka Chilla

In Bedrängnis

Der Wagen holpert über das Kopfstein-pflaster. Wir werden beide hin und her geworfen. Er klammert sich an mir fest, krallt seine Finger schmerzhaft in meinen Rücken. Drückt mich an sich. Ich kann seinen Herz-schlag hören.

Dann schaut er mich an. In seinem Blick sehe ich Gier. Ich habe Angst. Sein zahnloser Mund lächelt. Sabber tropft auf meine Brust. Mit den Lippen umschließt er mein rechtes Ohr und fängt an, daran zu knabbern.

„Lass das!", ruft eine scharfe Stimme.

Ich fühle, wie ich von ihm weggerissen und zurück in die Kissen geschleudert werde.

Er brüllt wie irrsinnig. Schreit nach mir. Will mich zurück.

Ich mache mich ganz klein. Unter mir fängt es an, kräftig zu wackeln. Es gibt einen Ruck und ich rutsche an seinen Füßen vorbei auf die Straße.

Der Wagen fährt weiter. Sie haben nicht be-merkt, dass ich rausgefallen bin.

Still liege ich da und höre, wie das Brüllen lei-ser wird.

Dann bin ich allein. Atme auf.

Es ist dunkel und regnet. Unter mir ist nasser Asphalt, aber das macht mir nichts aus. Hauptsache, er knabbert nicht mehr an mir.

Ich höre Motorenlärm und sehe zwei Schein-werfer direkt auf mich zukommen. Meine Au-gen weiten sich. Bremsen quietschen. Eine Tür schlägt. Zwei Hosenbeine nähern sich und bleiben vor mir stehen.

Ich spüre, wie ich gemustert werde. Mein Körper ist wie gelähmt, ich starre in die Helligkeit.
Im nächsten Augenblick werde ich hochgenommen und jemand hält mich vor die Windschutzscheibe des Autos.
„Schau mal, Eva", höre ich eine amüsierte Stimme sagen. „Es ist nur eine kleine Stoff-Eule. Sie muss aus einem Kinderwagen gefallen sein."

Zärtliche Finger streichen mir den Schmutz aus dem Gesicht.
„Du hast wunderschöne Augen, kleine Eule. Möchtest du mitkommen?"
Ich versuche zu nicken.
Nun sitze ich bei Evas Freundin auf dem Regal neben den Büchern. Sie krallt sich nicht an mir fest, sabbert nicht und knabbert auch

nicht an meinem Ohr. Fast ein wenig langweilig hier.

Sie hat ein Foto von mir gemacht und es im Internet auf eine „Lost and Found"-Webseite gestellt. „Vielleicht finden wir ja das Kind, das dich verloren hat."

Ich weiß nicht, ob ich das will. Wobei, so richtig geknuddelt zu werden ist auch schön. Wenn es nicht zu doll wird. Ich beschließe, die Dinge zu nehmen, wie sie kommen.

Berlin, Januar 2013, Thema: Frei

Fabelwesen

Wie ein schwarzer Spiegel umschließt uns das Meer. Die Nacht ist ruhig, kein Luftzug regt sich. Die Sterne glitzern über und unter uns, es ist, als schweben wir mit dem Boot durch das Weltall. Doch da ist noch etwas. Im schwarzen Wasser bewegen sich fluoreszierende Fabelwesen. Unzählige von ihnen gleiten an uns vorbei wie durchsichtige, leuchtende Teller, begleitet von sanften Klängen. Sphärenmusik.

Ich beuge mich aus dem Boot und will mit der Hand nach den Wesen greifen. Sobald ich das Wasser berühre, leuchten die kleinen Wellen, die ich dabei verursache, und ihr Widerschein erhellt mein Gesicht. Ich schaue genauer hin und sehe, dass es Leuchtquallen sind, die uns umgeben und das Wasser phosphoreszieren. Nie zuvor habe ich etwas Schöneres gesehen. Ich fühle mich, als sei ich der Mittelpunkt des Universums. So frei und glücklich. Begeistert rühre ich mit den Fingern im Wasser und freue mich an dem magischen Scheinen. Die Tropfen glitzern auf meiner Haut. Tief unter mir sehe ich Fische schwimmen. Mit majestätischen Bewegungen ziehen sie unter unserem Boot hinweg.

Mit einem Mal taucht ein riesiger Kopf am Bug auf und noch ehe ich die Gefahr erkenne, zischt er empor. Das leuchtende Wasser perlt an ihm ab, er wirbelt die See auf, schlägt mit den Flossen und es scheint, als komme er direkt aus der Hölle. Ein Wal. Er springt in einem flammenden Regen über uns hinweg, das Boot schlingert und kopfüber stürze ich ins Wasser.

Ich rudere mit den Armen, pruste, schnaufe und schnappe nach Luft. Als ich wieder an die Oberfläche komme, sehe ich die gigantische Flosse nur wenige Meter von mir entfernt ins Meer gleiten. Ich greife nach den Seilen, die am Boot befestigt sind und sehe unsere Vorräte zwischen den Quallen im Wasser schwimmen.

In diesem Moment lege ich mich in meinem Kinosessel zurück und bin froh, dass ich nicht Pi bin und auf dem Ozean ums Überleben kämpfen muss.

„Life of Pi" im Kino, Januar 2013, Thema: Kopfüber

Schnee im Juli

Von Grindelwald fahren wir mit der Gondelbahn zur Station First. Auf dem schindelgedeckten Gebäude steht eine Zahl: 2.167 m. Ich werfe nur einen kurzen Blick drauf. Auch das Panorama der schneebedeckten Berge kann mich nicht aufhalten. Meine Augen huschen immer wieder zu der kleinen Seilbahnanlange, die neben der Gondelbahn endet. Im Prospekt steht: „800 Meter Stahlseil, bis zu 50 Meter Höhe und eine Geschwindigkeit von bis zu 84 Stundenkilometern." Der First Flieger verspricht Nervenkitzel und ich bin kaum noch zu halten. Wir klettern auf die Startrampe, bekommen eine Einweisung und einen Gurt angelegt. Dieser ist mit einer Rolle an dem Stahlseil befestigt und als sich die Klappe öffnet, sausen wir ungebremst hinab. Ich juble und breite die Arme aus. Der Wind saust mir in den Ohren und zerrt an meinen Haaren, einen kurzen Moment glaube ich, wirklich zu fliegen, dann bin ich schon unten. Ich rausche in eine große Feder, schwinge hin und her und es ist vorbei. So schnell! Enttäuscht klettere ich aus dem Gurtzeug. Für den Preis für 58 CHF hatte ich mir mehr versprochen.

Ich bin wütend und schimpfe über unsere Dummheit. Das viele Geld hätten wir im Urlaub besser einsetzen können. Als wir über die blühenden Wiesen laufen und die schneebedeckten Gipfel von Eiger, Mönch und Jungfrau im Sonnenlicht glänzen sehen, atme ich tief durch.

Wir beschließen zum Bachalpsee zu wandern. Der Weg führt über Kuhweiden und Blumenfelder und schon bald liegt etwas Schnee auf dem Weg. Begeistert rennen die Kinder hinein, bauen einen winzigen Schneemann und veranstalten eine Schneeballschlacht. Später am See ist tiefster Winter. Alles ist weiß. Das Wasser ist zum Teil gefroren, wir ziehen unsere Jacken über und schieben mit den Händen große Eisschollen den Wasserfall hinunter. Nach der anstrengenden Arbeit in dieser Höhe müssen wir uns ausruhen. Wir gehen ein paar Meter den Südhang hinauf und finden eine Bank inmitten einer Blumenwiese. Hier packen wir unsere Brote aus und schauen auf den eisbedeckten See. Nie zuvor habe ich eine Winterlandschaft mitten im Sommer erlebt. Es ist traumhaft schön. Viel schöner als die teure Fahrt mit dem First Flieger.

Schweiz, Oktober 2013, Thema: Traumhaft

Lichterkette

Tausende Ballons, aufgereiht wie an einer Kette quer durch Berlin.

Jeder Ballon ist an einem hohen Stab befestigt und erinnert an eine moderne Stehlampe. Viele Stunden stehen sie bewegungslos wie Soldaten, einer neben dem anderen. In einer unendlichen Linie ziehen sie sich durch die Stadt. Sie scheinen etwas zu bewachen. Etwas, das nicht zu sehen ist. Nicht mehr.

Die Menschen schauen, staunen und gegen Abend werden es immer mehr. Als es dunkel ist, beginnen die Ballons zu leuchten. Sie setzen ein Zeichen, einer neben dem anderen.

Eine leuchtende Ader wird sichtbar und teilt die Stadt. Die Menschen drängen sich dicht von beiden Seiten. Der Verkehr erliegt, Autos werden mitten auf der Straße stehengelassen, Reisebusse und Taxis kommen nicht mehr weiter. Die Insassen steigen aus und mischen sich unter die Massen.

Am Brandenburger Tor werden Reden gehalten, Wowereit und sogar Gorbatschow erheben die Stimmen. Die Menschen jubeln. Dann erklingt Musik. Die Ode an die Freude tönt durch die Nacht und die ersten Ballons steigen in den Himmel. Einer nach dem anderen. An jedem von ihnen hängt eine Botschaft, aufgeschrieben von den Menschen der Stadt. Immer mehr Ballons erheben sich in die Dunkelheit, die Lichtergrenze löst sich auf. Und bald ist da keine Linie mehr, die Teilung wurde aufgehoben. Heute vor fünfundzwanzig Jahren.

Im Geäst des kahlen Straßenbaums hat sich ein Ballon verfangen. Viele Hände helfen, ihn zu befreien. Ein kleines Mädchen liest vor, was auf seinem Kärtchen steht: „Wir können nicht rückgängig machen, was geschehen ist. Wir können nur daraus lernen."

Berlin, November 2014, Thema: Die Mauer

Der Weg

Martin weiß nicht, ob er weiter gehen soll. Der Weg, den er gewählt hat, wird mit jedem Schritt beschwerlicher. Es geht immer bergauf. Wenn er glaubt, endlich oben zu sein, sich ausruhen und den Blick genießen zu können, liegt schon der nächste Anstieg vor ihm.

Er erinnert sich, wie er anfangs noch leichtfüßig und guter Dinge unterwegs war, doch jetzt schwinden seine Kräfte und ihm kommt es vor, als würde die Luft um ihn herum immer dünner. Er kann kaum noch atmen. Am liebsten möchte er umdrehen und den ganzen Weg zurückrennen. Bis zur Kreuzung, an der er sich entschieden hatte. Noch einmal dort stehen, noch einmal überlegen. Bergauf? Anstrengend! Bergab? Gefährlich! Oder immer geradeaus durch das flache gleichförmige Land? Wie langweilig! Wahrscheinlich würde er wieder den Weg wählen, mit dem er gerade hadert. Also weiter. Tief durchatmen und Schritt vor Schritt.

Martin läuft ohne Pause. Er weiß, wenn er anhält, legt er sich hin. Dann schließt er die Augen, kann nicht mehr weiter und schon kommt die Nacht. Er kann sie bereits spüren, die Kälte und die Dunkelheit. Langsam beginnen sie, alles einzuschließen und er geht schneller, um ihnen zu entkommen.

Der Weg ist steinig, er stolpert, fällt, richtet sich auf und läuft weiter. Da sieht er die Laterne. Sie erhellt seinen Weg und zeigt ihm das Ziel. Nun weiß er, dass es nicht mehr weit ist und es dort oben, auf dem Gipfel, eine Zukunft für ihn gibt.

August 2015, Thema: Laterne

Im Elbsandsteingebirge

Im Wald ist es still und herbstlich. Ich kann die feuchte Luft schmecken und höre die Regentropfen in den Blättern über mir. Immer höher schleppen wir unsere Rucksäcke und erreichen schließlich Belvedere. Die Aussicht hier ist auch bei trübem Wetter faszinierend. Tief unter uns schlängelt sich die Elbe durchs Tal und die Sandsteinfelsen verstecken sich hinter Wolkenfetzen. Es sieht aus, als atmen sie. Auch mein Atem geht heftig und das nicht nur wegen des beschwerlichen Aufstiegs. Niemand von den Touristen hier oben ahnt, was wir vorhaben. Auch nicht der Musiker, der vor dem Restaurant seine Geige quält und auf ein paar Münzen hofft.

„Kommt, wir müssen weiter", mahnt Heiko, unser Bergführer. Er mag weder Touristen, noch mit Geländer eingezäunte Aussichtsplattformen. Oft sind wir schon mit ihm geklettert, haben die verschiedensten Felsen bezwungen und sind mit spektakulären Blicken belohnt worden. Heute hat er wieder das Seil im Rucksack, aber uns ist klar, dass es dieses Mal anders wird.

Erneut durchstreifen wir den Wald und verlassen schließlich den Weg, um auf eine niedrige Felsgruppe zuzusteuern. Hier wirft Heiko den Rucksack ab, betastet das Gestein, streicht darüber und deutet schließlich auf eine unscheinbare Spalte. „Hier ist es", sagt er und packt das Seil aus. Er wickelt es über seinem Ellenbogen auf und achtet darauf, dass keine Knoten, Verdrehungen oder Schleifen entstehen.

Als wir in die Gurte steigen, klopft mein Herz bis zum Hals. Keiner von uns hat vorher je etwas Vergleichbares mitgemacht. Uns ist klar, dass alles, was wir heute tun, auf eigene Gefahr geschieht. Hoffentlich wird dieser Ausflug für uns nicht schicksalsbestimmend.

Mit Helm und Stirnlampe ausgerüstet quetschen wir uns hinter Heiko durch den Spalt. Ich bin erstaunt, denn unsere LED's erhellen einen kleinen Raum, der nicht furchterweckend wirkt.

„Vorsicht!", sagt Heiko. „Dort vorn ist ein Loch und da geht es 23 Meter in die Tiefe."

Wenig später hänge ich am Seil und lasse mich langsam hinab in die sogenannte Räuberhöhle, der größten im Elbsandsteingebirge. Plötzlich bewegt sich etwas neben mir. Mehrere Wesen lösen sich vom dunklen Fels und flattern um mich herum. Ich schreie auf und versuche mit aller Macht, nicht das Seil loszulassen.

„Fledermäuse!", ruft Heiko von unten. „Es sind nur Fledermäuse."

Als ich festen Boden unter den Füßen spüre, ahne ich nicht, dass dies erst der Anfang von unserem Abenteuer ist und wir in dieser Höhle in den nächsten zwei Stunden kriechend und kletternd noch so manches Mal an unsere Grenzen stoßen werden.

November 2015: Schleife, Geige, Höhle, schicksalsbestimmend

Rummel

Lichter blinken in allen Farben, Blitze zucken durch die Nacht. Langsam gehe ich mit Opa über den Platz. Vielmehr schieben wir uns durch die Massen. Aus jeder Ecke tönt eine andere Musik, hier ein stampfender Beat, da eine Alarmsirene, dort das Läuten einer Glocke. Kinderlachen. Geschrei. Der Boden vibriert, alles scheint sich zu bewegen. Überall dreht, schaukelt oder kreist etwas. Ich rieche gebrannte Mandeln und Brathähnchen und erinnere mich, wie mir Opa immer Zuckerwatte gekauft hat. Jedes Jahr waren wir hier in Berlin auf diesem großen Weihnachtsmarkt. Am liebsten mochten wir die Spiegel im Lachgarten. Dort konnten wir uns als spannenlanger Hansel oder nudeldicke Dirn betrachten. Kurze Beine, Giraffenhals und riesige Nase. Wir konnten nicht genug davon bekommen und lösten meist mehrere Eintrittskarten. Die Fotos zeigten wir zu Hause der Oma, die nur den Kopf schüttelte. Ob es eine gute Idee war, heute hierherzukommen? Opa scheint das alles nicht zu interessieren. Er starrt ins Leere, während ich seinen Rollstuhl schiebe. Ich hatte gehofft, die Lichter, die Musik und die Gerüche würden ihn aus seiner Lethargie aufwecken.

„Na, ihr zwei?", ruft uns ein junger Kerl am Riesenrad zu. „Habt ihr Lust auf ´ne Runde?" „Was soll das?", ranze ich ihn an. „Du siehst doch, was mit ihm los ist." Ich will weitergehen, da kommt er mir hinterher und hält mich am Ärmel fest.

„Gerade deshalb", sagt er mit verschwörerischem Zwinkern. „Gerade deshalb!"
Ich sehe zu Opa, der nicht wirklich hier ist. Es ist nur sein Körper, den ich herumschiebe.
„Das Rad fährt ziemlich langsam", erklärt der junge Mann. „Da gibt es keine Fliehkräfte oder so. Es wird ihm nichts passieren."
Zweifelnd sehe ich von Opa zum Riesenrad und zurück. Es fährt wirklich nicht sehr schnell. „Helfen Sie mir?"

Zu zweit hieven wir Opa in eine Gondel, der junge Mann schließt die Tür. Das Rad setzt sich in Bewegung. Mir schlägt das Herz bis zum Hals. Oma wird mich lynchen, wenn sie das erfährt. Unbeholfen tätschle ich Opas faltige Hand. Wir steigen nach oben in den nachtschwarzen Himmel. Die Musik und das Geschrei werden leiser. Der Wind faucht und zaust uns in den Haaren. Ich sehe das rote Rathaus und den Fernsehturm. Plötzlich drückt sich Opa an mich, wie ich es als kleines Mädchen oft bei ihm getan habe. Bestimmt hat er Angst. Doch als ich ihn anschaue, sehe ich sein Lächeln.

Berlin, November 2015: Watte, Spiegel, Fliehkräfte, Karte

Der Beobachtungsturm

Mein Büro befindet sich in einer Art zweistöckigem Turm oben unter dem Dach, auf dem sich ein riesiger beleuchteter Werbepylon dreht. Besucher oder Geschäftspartner gelangen über eine außen angebrachte Stahltreppe zu uns. Die großen Fenster bieten einen 180-Grad-Blick auf den Parkplatz des Einkaufszentrums. Früher waren die Räume an ein China-Restaurant vermietet, das dann irgendwann Insolvenz anmeldete. Nach der Schließung zog ein Spielcasino ein, das allerdings nicht die ganze Etage benötigte. In den verbliebenen zwei Räumen richtete unsere Firma ihre Verwaltung ein. Da sitze ich nun sechs Stunden pro Tag an meinem Schreibtisch und schaue in den Computer. Oft allerdings auch auf den Parkplatz. Um die Augen zu entspannen. Als ich hier anfing, hätte ich nie gedacht, dass der Ausblick auf einen Parkplatz so interessant sein kann.

Bestimmte Autos kommen regelmäßig und parken immer auf dem gleichen Platz. Wie der weiße VW-Passat mit der Aufschrift „Bootsvermietung Müggelsee". Jeden Dienstag kurz nach zehn fährt Sohnemann, ich schätze ihn auf Mitte vierzig, seine Mutter zum Supermarkt. Er stellt den Wagen neben dem Maulbeerbaum ab, wahrscheinlich in der Hoffnung, dass die spärlichen Blätter etwas Schatten spenden. Mutti holt den Einkaufswagen, Sohnemann kontrolliert noch einmal das Auto und dann sind die beiden für eine Stunde verschwunden. Manchmal dauert es auch länger. Wenn sie wiederkommen, ist der Einkaufswagen gut gefüllt und Sohnemann öffnet den Kofferraum. Er holt große Taschen hervor und hat die verantwortungsvolle Aufgabe, sie aufzuhalten, während Mutti ihren Einkauf darin verstaut. Einmal, es war im Sommer, bekam Sohnemann ein echtes Problem. Er hatte, ich nehme an zum Dank für seine Fahrdienste, ein Eis von Mutti spendiert bekommen. Wie sollte er jetzt die großen Taschen aufhalten, ohne das Eis loszulassen? Am Ende aß er sein Eis und die Mutter lud alles allein ein. Ich mag die beiden und ihre Regelmäßigkeit sehr.

Im letzten Winter gab es Blitzeis in den Morgenstunden. Ich telefonierte mit dem Winterdienst, doch der steckte in Berlin fest. Es ging nichts mehr. Unser Parkplatz war eine Eisfläche. Ich sah die Leute rutschen und schimpfen und fühlte mich so hilflos hinter meiner Scheibe. Es dauerte eine Weile, ehe ich unseren Hausmeister überreden konnte, mit einer Schubkarre voll Sand loszuziehen und wenigstens die Hauptwege zu streuen. Dann sah ich sie. Eine ältere Dame, es war nicht die Mutti von Sohnemann, sondern eher eine vom Typ Superoma. Sie öffnete die Wagentür ihres Fords, erkannte scharfsinnig die Lage und nahm zwei Matten aus dem Fußraum. Eine legte sie vor die Fahrertür, stellte sich darauf und warf die zweite Matte einen halben Meter weiter aus. So bewegte sie sich von Matte zu Matte, bis sie den rettenden, inzwischen vom Hausmeister gestreuten, Hauptweg erreichte.

Doch eigentlich wollte ich von Schnauzbart erzählen. Er kommt jeden Morgen mit seinem schwarzen Audi und stellt ihn direkt unter meinem Fenster ab. Dann verschwindet auch er aus meinem Gesichtsfeld und erscheint nach zwei Stunden ohne Tüten oder andere Hinweise auf einen Einkauf. Er zündet sich eine Zigarette an, streicht über seinen Schnurrbart und fährt mit dem dicken Wagen davon. Bis er am nächsten Morgen wieder an der gleichen Stelle aussteigt. Ich beobachte das nun schon eine ganze Weile und werde langsam unruhig. Was macht Schnauzbart täglich in einem Einkaufscenter, wenn er nicht einkauft? Zum Frisör gehen? Er hat eine Glatze. Vielleicht lässt er sich seinen Schnurr-bart stutzen. Er könnte auch beim Bäcker ei-nen Kaffee trinken und frühstücken. Aber zwei Stunden sind dafür dann doch recht lang.

Ich halte es vor Neugier nicht mehr aus. Als ich den Audi kommen sehe, schließe ich mein Büro ab und will herausfinden, wohin er geht. Auf der Stahltreppe zu unserem Turm stoße ich fast mit ihm zusammen. Ich murmle: „Tschuldigung" und schaue ihm betroffen hinterher, wie er in der Tür des Casinos ver-schwindet.

Gosen, November 2015, Thema: Schnurrbart

Laut

Heute erfüllt sich ihr Traum. Auf diesen Tag hat Ines gewartet, solange sie denken kann. Ihr Leben wird sich für immer verändern und ihre Ungeduld wächst von Minute zu Minute. Endlich kommt der große Augenblick. Sie verabschiedet sich von Lisa, die nicht sprechen kann und sie nur stumm drückt. Dann verlässt sie das Zimmer, das in letzter Zeit ihr zu Hause gewesen ist. Vorsichtig zieht sie die Tür hinter sich zu. Es klackt und sie steht im Gang. Niemand zu sehen, trotzdem hört sie Stimmen. Wo kommen sie her? Aus den anderen Zimmern oder aus dem Aufenthaltsraum? Egal, nur raus hier. Ihre Schritte hallen ungewöhnlich auf dem gescheuerten Boden. Sie beeilt sich und muss sich zwingen, nicht zu rennen. Vorn am Tresen beachtet sie niemand. Der Diensthabende steht mit dem Rücken zu ihr und telefoniert. Er schmettert Worte gegen die Wand, die dort abprallen und als Silben und Laute im Raum umherfliegen. Kein einziges davon kann Ines greifen. Kein einziges verstehen. Nur weg hier!

Im Park vor dem Haus, in dem Ines so oft gesessen und diesen Tag herbeigesehnt hat, ist es noch menschenleer. Einige Spatzen streiten sich tschilpend am Papierkorb um einen Kuchenrest, die vertrockneten Blätter der Eichen rauschen im Wind und oben am Himmel zieht ein Flugzeug brummend seine goldene Bahn. Was für ein herrlicher Morgen. Jetzt kann sich Ines nicht mehr bremsen und rennt los. Über die Wiese bis unter die Eichen, wo sie die Arme ausbreitet und sich dreht, bis ihr schwindlig wird und sie aufpassen muss, nicht zu stürzen.

Dann läuft sie weiter zur Straße, wo der Berufsverkehr tost und die Menschen zur Bushaltestelle hasten. Je näher sie der Straße kommt, desto langsamer wird Ines. Man hat sie gewarnt. Aber sie will es schaffen. Sie wird sich daran gewöhnen. Eine Autohupe lässt sie zusammenzucken. Der Bus kommt angedröhnt, quietscht und stoppt. Seine Türen öffnen sich zischend, wie die Mäuler eines hungrigen Ungetüms. Eine lärmende Schülergruppe steigt aus und Ines will plötzlich wieder zurück. In die Stille ihres Zimmers. Zu Lisa, die niemals spricht und niemals nervt.

Doch sie wird nicht gleich aufgeben. Sie ist vorbereitet und geht tapfer an dem Bus vorbei. Er zischt sie wütend an, schließt seine Türen und fährt los. Ines spürt den Luftzug und dieses dumpfe Dröhnen bis in ihr Innerstes. Auf der Gegenspur rast ein Krankenwagen mit Blaulicht vorbei. Das Martinshorn schrillt ihr in den Ohren und zwei Straßen weiter rattert ein Presslufthammer. Unwillkürlich wendet Ines und läuft zurück in Richtung Park. Sie lässt sich auf die erstbeste Bank fallen und zieht das Hörgerät aus der Ohrmuschel. Stille. Wie schön. Sie schließt die Augen und denkt an Dr. Miller, der sie operiert hat. Er sagte, dass sie das Hören erst lernen müsse. Jetzt versteht sie, was er damit meint.

Dezember 2015, Thema: Ruhe

Die Gartenbahn am Bernstein-berg

Jeden Samstag beim Frühstück machen wir Pläne für einen Familienausflug. So auch heute. Seit unsere Tochter studiert, sind wir nur noch zu dritt. Wenn wir uns etwas Besonderes einfallen lassen, kommt unser Sohn mit seinen fünfzehn Jahren oft noch mit. Wir wälzen Karten und ich studiere Zeitungsartikel, die ich dafür extra in einem Ordner archiviert habe.

„Wie wäre es mit Wünsdorf?", schlägt mein Mann Robert vor. „Bücher und Bunkerstadt Wünsdorf. Das klingt doch spannend, oder?"

„Bücher und Bunker?" Ich überlege. „Das ist doch was für Regentage. Heute scheint die Sonne."

„Gibt es nicht etwas, wo wir nicht so weit fahren müssen?", fragt Jannis.

Plötzlich erinnere ich mich an einen Freund von uns. Er hat von einer Kiesgrube ganz in unserer Nähe erzählt, wo in dem Abraum Bernsteine zu finden sind. Allerdings muss man dafür das Betriebsgelände betreten und über einen Zaun klettern. Ganz zu schweigen von dem Schild „Unbefugtes Betreten wird strafrechtlich verfolgt."

Erst als Jannis aufspringt und freudig ruft: „Das machen wir!", wird mir bewusst, dass ich laut gedacht habe. Mein Mann ist nicht begeistert, aber da er außer Wünsdorf keinen Gegenvorschlag hat, ziehen wir alte Sachen an und steigen ins Auto. Wir fahren nicht lange und parken den Wagen in

Spreenhagen. Bei dem Wetter werden wir zu Fuß zur Kiesgrube laufen.

Der Weg führt am Kanal entlang, auf dem gerade ein Schleppkahn aus Polen sein Signalhorn ertönen lässt. Links liegen Grundstücke und Wochenendhäuser und wir spähen in die Gärten auf der Suche nach den ersten Frühblühern.

„Hey, guckt mal da! Was'n das?" Jannis deutet über einen Holzzaun. In dem dahinterliegenden Garten verlaufen die Gleise einer Schmalspurbahn. Wir treten näher und sehen, dass die Gleise durch ein Tor auch in den Nachbargarten gelegt worden sind und von dort weiter zum nächsten Grundstück. Es gibt Weichen und Signale und sogar ein kleines Stellwerk und eine Bahnhofsuhr. Es scheint, als seien alle Gärten mit einer kleinen Eisenbahn verbunden. Neugierig folgen wir dem Schienenlauf und stehen schließlich vor einem roten Schuppen. Das Tor ist verschlossen, die Gleise führen hinein und kommen hinten wieder heraus um von dort eine Runde um die Gartenlaube zu drehen und schließlich beim Nachbarn zu verschwinden.

Verwundert schauen wir uns an. Eine Garteneisenbahn. Wozu?

Robert stößt mich mit dem Ellbogen an. „Da ist eine Frau. Die können wir fragen."

Ich winde mich. Es ist mir peinlich. Die Leute aus Neugier mit dummen Fragen belästigen? Aber schon sind meine beiden Männer zu der Frau gegangen, sprechen sie an und verschwinden mit ihr im Schuppen.

Ich stehe am Kanal und starre aufs Wasser, in dem sich die Bäume leicht verzerrt spiegeln. Der polnische Schleppkahn hat seine Maschine gedrosselt und passiert gerade eine niedrige Brücke.

Nach zwanzig Minuten sind Robert und Jannis zurück und berichten. Die Frau hat ihren Schwiegervater geholt, der schon weit über achtzig Jahre alt ist.

„Der hat uns die Bahn gezeigt, Mama. Richtig cool war das!"

Dieser Alte ist leidenschaftlicher Eisenbahner und hat das Grundstück vor über dreißig Jahren erworben, in kleine Parzellen geteilt und an seine Kinder, Freunde und Verwandten verpachtet. Mit ihrem Einverständnis hat er die Schienen zwischen den Gärten verlegt. Sie kamen aus dem Wald bei der alten Kiesgrube und mussten teilweise mit der Hand und zwischen den Bäumen gebogen werden. Das war sehr mühsam. Aber wenn es wärmer wird, fährt die kleine Diesellok mit zwei Loren aus dem roten Schuppen und transportiert Gartenabfälle, Laub, Holz und Pflanzen von Grundstück zu Grundstück. Manchmal auch einen Kasten Bier oder eine Thermoskanne mit Kaffee und einen selbstgebackenen Kuchen. Und als Höhepunkt dürfen die Enkel auch mal mitfahren und ihre Verwandten und Bekannten besuchen. Das gibt jedes Mal ein großes Hallo bei allen Beteiligten.

Danach laufen wir weiter und ich ärgere mich, dass ich nicht mitgegangen bin. Nur wer fragt, gewinnt. Wie schade wäre es gewesen, wenn wir nicht erfahren hätten, was das für merkwürdige Gleise sind.

Wenig später kommen wir zu der Kiesgrube und brauchen nicht einmal über den Zaun zu steigen, denn die Einfahrtsschranke steht offen. Im großen schwarzen Abraumberg finden wir außer Holz, Holzkohle, Kies und Sand tatsächlich insgesamt sechzehn Bernsteine.

Spreenhagen, Februar 2016: Regen, rot und Kuchen

Beelitz Heilstätten

Alte verfallene Gebäude ziehen uns magisch an. Eva und ich sind gemeinsam schon durch dichte Hecken in leerstehende Häuser gekrochen, wir waren in stillgelegten Fabriken, in einem geisterhaften Vergnügungspark und sind in einer waghalsigen Kletteraktion über bröckelnde Mauern in ein Spukschloss eingestiegen. Vielleicht war es auch nur ein herrschaftliches Gutshaus, das da mitten im Wald verrottete. Wir wollten alles genau erkunden und sehen, ob es in dem alten Gemäuer tatsächlich Geister gibt. Leider dauerte dieser Besuch nicht lange, denn der Wachdienst erwischte uns mit seinem Hund.

In diesem Jahr ist alles anders. Es gibt keinen Wachdienst. Und auch keinen Hund. Dafür aber einen großen Parkplatz, ein Kassenhäuschen mit saftigen Eintrittspreisen und einen Baumwipfelpfad. Wir zahlen und fahren mit anderen Abenteuerlustigen auf einen Turm in vierzig Metern Höhe. Von dort haben wir einen wunderbaren Überblick über das Gelände und sehen die riesigen Komplexe aus der Vogelperspektive. Auf halber Höhe beginnt der Baumwipfelpfad, der leicht schwankt und uns direkt zu der Ruine des „Alpenhauses" führt. Ein dreistöckiges langgestrecktes Gebäude, auf dessen Dach ein Wald wächst. Mit Hilfe des Baumwipfelpfades können wir dort hindurchlaufen und uns alles von oben anschauen. Die Fenster sind nur noch schwarze, lichtlose Öffnungen, durch die die

Tauben fliegen. Ornamente, Verzierungen und Rundbögen deuten auf vergangenen Glanz hin. An den Wänden Graffiti und russische Buchstaben aus der Zeit nach dem zweiten Weltkrieg. Und überall Tafeln mit detaillierten Beschreibungen und Fotos, wie schön alles einmal gewesen ist.

Danach schließen wir uns einer Führung an. Wir unterschreiben eine Erklärung, dass wir das große ausgeplünderte Gebäude, das seit 1993 leer steht, auf eigene Gefahr betreten. Staunend laufen wir über Glasscherben in einen langen zugigen Flur. Die leeren Fensterrahmen hängen schief in den Korridoren und pendeln im Wind. Die Zimmertüren sind weit geöffnet und in der Mitte befindet sich ein prunkvolles Treppenhaus mit einem Fahrstuhlschacht. Dieser besteht nur noch aus einem Metallgerippe und einem Fahrstuhlkorb, der wie ein Käfig im Erdgeschoss hockt und eine gute Kulisse für Gruselfilme wäre. Unsere Gruppe bekommt die Erlaubnis, das Gebäude auf eigene Faust zu erkunden und Fotos anzufertigen. Ein Raunen geht durch die Besucher und schon schwärmen wir aus, um jeden einzelnen Raum zu besichtigen. Wir sehen dunkle Kellerräume, riesige Speisesäle und großzügige Liegeterrassen. Besonders fasziniert uns die gefliese Badehalle. Ein kreisrunder Raum mit lichtdurchfluteten Fenstern, einer kuppelartigen Decke und graffitibesprühten Wänden. Drei Operationssäle bilden das Herzstück der alten Chirurgie, die zu ihrer Zeit mit zu den modernsten medizinischen Einrichtungen in Deutschland zählte. Die Lungenklinik besteht aus mehreren geschichtsträchtigen Gebäuden. Sie wurde zwischen 1898 und 1930 für die Berliner Arbeiter errichtet und konnte über 1200 Tuberkulosepatienten aufnehmen. Für die meisten von ihnen bedeutete der Aufenthalt hier eine Erholung vom harten Arbeitsalltag, gesunde Luft und gutes Essen. Alles Dinge, die es damals in Berlin so nicht gab.

März 2016: Raunen, staunen, Taube

Die Herausforderung

Worauf hat sich Lara da bloß eingelassen? Selbst wenn sie konzentriert nachdenkt – und dazu hat sie auf dieser Reise alle Zeit der Welt – kann sie nicht mehr sagen, wessen Idee das eigentlich gewesen ist. Sie erinnert sich nur noch an den Abend im Club, an den Wein und an Julia und Caro. Ihre beiden Freundinnen hatten gelacht und sie aufgezogen. „Das machst du niemals. Das ist nichts für dich, Lara. Du bist eher die, die mit dem Auto zum Bäcker um die Ecke fährt."

Lara war wütend geworden. „Was denkt ihr von mir? Ich kann auch anders!" Nun will sie es beweisen. Wahrscheinlich halten Jul und Caro sie für eine von den Tussis, die sich die Sonnenbräune aus dem Solarium holt und Radfahren nur aus dem Fitnessstudio kennt. Okay, bisher ist es ja fast so gewesen. Aber wenn man in einer Großstadt wie Berlin lebt, wohin kann man da schon gehen, um Sport zu treiben? Joggen im Park ist definitiv nichts für sie. Vielleicht hätte sie es aber mal probieren sollen, sozusagen als Vorbereitung für die Reise. Dann wäre das alles jetzt wahrscheinlich weniger anstrengend.

Sie hat eine große Klappe gehabt und muss nun die Konsequenzen tragen. Und auch diesen verdammten Rucksack, der gefühlte fünfzig Kilo wiegt und sie nach unten zieht. Hinsetzen, ausruhen, nicht mehr weitergehen. Das ist alles, was sie will. Die Schuhe ausziehen und ihre geschundenen Füße kühlen. Die Blasen verarzten. In ein Taxi steigen, zum nächsten Bahnhof fahren und dann zurück nach Hause. Egal, was Jul und Caro denken. Sollen sie doch lästern. Sind ja selbst nicht besser und fahren Bus oder U-Bahn. Zu Fuß gehen die doch höchstens mal hundert Meter. Aber hier geht es um mehr. Um viel mehr. Die haben keine Ahnung, was sie gerade durchmacht!

Schritt für Schritt, den Blick gesenkt, kämpft sie sich vorwärts. Sie beißt die Zähne zusammen und versucht, die Schmerzen in den Füßen zu ignorieren. Doch als es anfängt zu regnen, kommen ihr die Tränen. Lara befreit sich von der Last ihres Rucksacks, wirft ihn in den Staub und sinkt erschöpft auf einen Stein. Sie weiß, sie sollte jetzt ihr Regencape suchen, um sich und ihre Sachen zu schützen. Doch sie hat keine Kraft mehr. Die Tränen auf ihrem Gesicht mischen sich mit Regentropfen und rinnen ihr übers Kinn.

Plötzlich steht Ben vor ihr. Er hat in derselben Herberge wie sie übernachtet und sie beim Frühstück angelächelt. Das tut er auch jetzt.

„Hi. Hast du was dagegen, wenn wir ein Stück zusammen gehen?"

Lara sieht auf. Für die restlichen 240 km bis Santiago de Compostela kann sie ganz gut einen starken Begleiter gebrauchen. Vielleicht wird sie es dann schaffen.

„Warum nicht?", sagt sie möglichst beiläufig. „Ich muss nur noch schnell mein Cape aus dem Rucksack holen."

Auf dem Jacobsweg, April 2016: Füße, staubig, Stein

Neuhardenberg-Nacht

Mama, ich bin müde", mault Theo und versucht, sich aus dem Griff seiner Mutter zu befreien. Sie scheint ihn nicht zu hören und zieht ihn weiter zwischen den vielen Menschen hindurch. Er stolpert hinterher und als sie endlich stehen bleibt, lässt er sich einfach fallen und hängt mit seiner Hand noch in ihrer.

„Komm schon, Schatz!" Sie bückt sich zu ihm hinunter und streichelt ihn. „Du willst doch das Feuerwerk nicht verpassen."

Theo liegt auf dem Rücken und spürt, wie die Nässe der Wiese durch seine Jacke dringt. Er kommt sich winzig vor in diesem Meer von Menschen. Überall um ihn herum stehen sie dicht gedrängt, er sieht nur ihre Schuhe und die Hosenbeine. Wenn er den Blick nach oben richtet, kann er auch die Rücken sehen, aber keine Gesichter. Die sind irgendwo im Himmel. Und der ist noch nicht dunkel. Erst wenn der Himmel dunkel ist, wird das Feuerwerk anfangen, das weiß er.

Neben seiner Mutter taucht plötzlich das freundliche Gesicht einer älteren Frau auf.

„Willst du nicht nach vorne kommen, Kleiner?", fragt sie. „Dort kannst du besser sehen." Sie schiebt die rechts und links stehenden Leute sanft zur Seite. „Lassen Sie doch bitte die Mutti mit dem Jungen durch. Er kann sonst nichts sehen."

Seine Mutter trägt ihn zum Ufer des Sees, bedankt sich bei der Frau und den Leuten, die ihnen Platz gemacht haben und setzt sich ins

Gras. Theo macht es sich auf ihrem Schoß bequem und kuschelt sich an sie. Er ist so schrecklich müde. Bis zum Feuerwerk wird er es auf keinen Fall mehr schaffen. Seine Augen fallen schon zu. Er blinzelt ein wenig und sieht Lichter auf dem See. Sie treiben in kleinen schwimmenden Boten übers Wasser und flackern im Wind. Das gefällt ihm. Doch bald beginnen die Lichter undeutlich zu werden und tanzen nur noch als helle Flecken in der Luft.

Plötzlich geht ein Raunen durch die Menge und die Mutter packt Theo am Arm: „Schau mal dort drüben!"

Auf der gegenüberliegenden Seite des Sees ist ein Riese aufgetaucht. Theo reibt sich die Augen und ist sofort hellwach. Tatsächlich. Das ist kein Traum. Dort läuft ein echter Riese! Er überragt die dicht stehenden Menschen um viele Meter und strahlt in seinem ganz eigenen warmen Licht. Es ist ein Junge mit Stupsnase und struppigen Haaren, fast wie Theo. Nur eben größer. Viel größer. Die Menschen am anderen Ufer des Sees weichen zurück und schauen zu ihm hoch. Mit bedächtigen Schritten, immer ein Bein vor das andere setzend, bahnt sich der Riesenjunge seinen Weg durch die Menschen. Er läuft vorsichtig, um niemanden dabei zu verletzen. Jetzt bleibt er stehen und schaut über den See. Theo kommt es vor, als würde der Riesenjunge ihn ansehen. Als der Riese den Arm hebt und winkt, winkt Theo zurück. Dass an jedem Arm und jedem Bein des Riesen kräftige Männer stehen, die die gigantischen Gliedmaßen mit Stangen bewegen, merkt

Theo nicht. Er sieht nur diesen Jungen aus einer fernen Welt und wünscht sich, fliegen zu können, um sich auf seine Schulter zu setzen.

Neuhardenberg, Juni 2016, Thema: Träumen

Festival of Lights

Edda schaut auf die große Uhr, die im Wohnzimmer an der Wand tickt. Das Ticken kann sie zwar nicht mehr hören, aber sie sieht, wie sich der Sekundenzeiger bewegt.

Fünf vor sechs.

Die Minuten vergehen so unendlich langsam. Den ganzen Tag schon hätte sie die Uhr am liebsten vorgestellt. Doch jetzt sind es nur noch fünf Minuten.

Fünf Minuten, bis Mario kommt. Es ist komisch, auf der Couch zu sitzen und auf ihn zu warten. Wenn er sie sonst besucht, kocht sie für ihn und hat alle Hände voll in der Küche zu tun und kaum Zeit, ihm die Tür zu öffnen. Sie bildet sich ein, dass er besonders gern kommt, weil es ihm bei ihr so gut schmeckt. So wie früher, wo er noch bei ihr gewohnt hat und sie nicht nur für ihn gekocht, sondern ihm auch seine Schulbrote geschmiert hat.

Drei vor sechs.

Aufgeregt rutscht Edda auf der Couch hin und her und kontrolliert zum wiederholten Mal ihre Handtasche. Es ist alles gepackt und ihre dicke Winterjacke hängt bereit. Mario will seine Mutter heute nicht nur kurz besuchen, so wie sonst immer, er möchte sie ausführen. Wohin weiß sie nicht. Es soll eine Überraschung werden. Mario hat gesagt, sie werden nach Berlin fahren und sich gemeinsam etwas anschauen. Etwas, das sie noch nie zuvor gesehen hat.

Da, es klingelt! Mario ist überpünktlich.

Erfreut erhebt sie sich und geht, so schnell wie es ihr Alter erlaubt, zur Tür. Sie lässt ihn eintreten und er schließt sie in seine Arme. Wie schön das ist.

„Wohin fahren wir?", fragt sie neugierig.

Doch er lächelt nur. „Lass dich überraschen."

Wenig später sitzen sie im Auto und er schaltet das Radio von Rockmusik auf Klassik um. Extra für sie. Wie umsichtig. Glücklich schaut sie nach draußen und sieht, wie die Stadt an ihr vorbeisaust.

Lange ist sie nicht mehr unterwegs gewesen. Die Autos, die Fahrräder, die Fußgänger – waren das früher schon so viele?

Als sie das Auto in einer Tiefgarage am Alexanderplatz abstellen und sie mit dem Lift nach oben fahren, ist es ihr nicht mehr wichtig, wohin es geht. Es ist jetzt schon ein Erlebnis für sie, als Mario sie am Arm über die breite Straße führt. So viele Menschen überqueren die Straße und strömen in Richtung Fernsehturm. Sie fühlt sich mitgezogen, wie ein Teil dieser wogenden Masse und Mario gibt ihr die nötige Sicherheit. Er geht langsam mit ihr und hält sie fest, damit sie nicht stürzt. Wie gut das tut.

Am Neptunbrunnen fragt Mario ein junges Pärchen, das eng zusammengekuschelt auf einer Bank sitzt, ob neben ihnen vielleicht noch ein Platz frei ist und Edda darf sich setzen. Auch das tut gut.

Mario steht hinter ihr, legt die Arme um ihren Hals und flüstert ihr ins Ohr: „Schau dir den Fernsehturm an!"

Erst jetzt, da sie sicher sitzt, wagt sie den Blick nach oben und schreit vor Überraschung leise auf.

Der Turm ragt wie ein steiler Zahn in den dunklen Nachthimmel und oben – verborgen im Nebel – kann man die Kugel mit dem drehenden Restaurant nur ahnen. Was Edda aber sehr gut erkennt, sind die bunten Blumenranken an der mehrere hundert Meter hohen Säule. Sie wachsen aus dem Boden empor, drehen sich und verschwinden in der Kugel. Jetzt kommen Vögel und Schmetterlinge aus dem Boden und flattern hinterher, als hätten sie es eilig, im Restaurant zu essen.

In diesem Licht und dieser Farbenpracht hat sie den Turm noch nie erlebt. Jetzt ändert sich das Bild und Werbebilder werden an die Säule projiziert. Wahrscheinlich haben sich die Firmen diesen Platz teuer erkaufen müssen.

„Na, Mutti?", fragt Mario. „Wie findest du das?"

Sie ist sprachlos und schüttelt nur den Kopf.

Nach der Werbung kann sie sehen, wie sich die Betonteile des Turms öffnen und den Blick in sein Inneres freigeben. Dort befindet sich ein glühender Strahl, der sich in ein Rückgrat verwandelt, das seine Form verändert und zum Baum wird, dessen Krone die Turmkugel bildet. Es ist wie im Märchen und besser als jeder Kinofilm. Edda drückt die Arme von Mario und weiß, diese Nacht und diese Bilder wird sie niemals vergessen.

Berlin, Oktober 2016: Licht, kaufen, Zahn

Schneckbi

Ich muss zugeben, dass ich Schneckbi vermisse. Es hatte Charakter. Mit all seinen Fehlern und Eigenarten ist es mir ans Herz gewachsen. Aber das merke ich leider jetzt erst, wo es nicht mehr da ist. Unwiederbringlich verloren für mich. Für uns. Leichtfertig weggegeben. Verkauft über Ebay. Verkauft und zu allem Ärger auch noch viel zu billig. Wenige Tage später habe ich es noch einmal wiedergesehen, bei Ebay, für den doppelten Preis. Nicht lange und es war endgültig verschwunden.

Nun bleiben mir nur die Erinnerungen an Schneckbi. Diesen Namen hatte es schon, als wir es übernahmen. Mit schwarzen geschwungenen Lettern stand „Schneckbi" auf seinem langen, schlanken Rumpf, von dem die gelbe Farbe schon abblätterte. Dabei passte dieser Name überhaupt nicht zu ihm, denn Schneckbi war schnell. Sehr sogar. Man musste es bloß lenken können. Aber nicht nur darin lag die Schwierigkeit. Wer ihm nicht seine ganze Aufmerksamkeit schenkte oder eine falsche Bewegung machte, den schmiss es einfach ins Wasser. Wie ein junges bockendes Pferd. Es war wirklich schwer zu beherrschen. Ich erinnere mich noch an den Triumpf, als es mir zum ersten Mal glückte, eine Runde mit ihm um den See zu fahren und zwar genau in die Richtung, in die ich wollte. Schweißperlen standen mir auf der Stirn von der Anstrengung, aber ich hatte gesiegt. Ich hatte das Kippel-Kajak bezwungen.

Stolz teilte ich meiner Familie mit, dass wir nun einen gemeinsamen Ausflug unternehmen könnten. Mein Mann und mein Sohn freuten sich. Sie stiegen in unser gelbes Zweierkajak und stellten die Lenkung richtig ein. Banane bereitet nie Probleme. Sie ist absolut zuverlässig, stabil und gut lenkbar. Grinsend beobachteten die beiden, wie ich schon beim Einsteigen mit Schneckbi kämpfte und es bedrohlich zu wackeln begann. Aber durch das gute Training, gelang es mir ohne nass zu werden und wir paddelten los. Meine Männer staunten, dass ich mit Banane mithalten konnte und nur kleine Schlangenlinien fuhr. Wir paddelten unsere Lieblingsstrecke durch die Alte Löcknitz, die schon Theodor Fontane auf seinen Wanderungen durch die Mark Brandenburg beschrieben hatte. Das Flüsschen ist naturbelassen und schlängelt sich durch Wald und Wiesen. Sein Wasser ist schwarz, nicht tief, aber morastig. Wasserlilien blühen am Ufer, schillernde Libellen fliegen über der Oberfläche und Entenpärchen brüten im Dickicht. Was für eine Idylle! Ich paddelte voran, fuhr gerade und schnell und dachte, ich hätte alles im Griff, als mir der linke Fuß einschlief. Ich bekam einen Krampf und stütze mich mit den Händen auf Schneckbis Rumpf ab, um meinen Fuß zu bewegen. Dabei passierte es. Blitzschnell drehte sich das Boot und warf mich ins schlammige Wasser. Es war eiskalt, ich schrie und hielt mich am Paddel fest. Im selben Moment war Schneckbi schon voll

Wasser gelaufen und gerade dabei, im Morast zu versinken. Geistesgegenwärtig packte ich es an der Schnauze und versuchte, es ans Ufer zu ziehen. Durch das Wasser war es unglaublich schwer und schließlich kämpften wir zu dritt mit dem kleinen Boot. Ich weiß nicht mehr, wie wir das Wasser aus dem Boot bekommen haben. Ich erinnere mich nur daran, wie ich zu Fuß und vor Kälte zitternd nach Hause joggte, in der Hoffnung, keinem Nachbarn zu begegnen. Auf dumme Fragen konnte ich gut verzichten.

Nun wundere ich mich, warum ich immer noch an dieses kipplige Kajak denke. Ich müsste doch froh sein, wenn es mich nicht mehr blamieren kann. Trotzdem. Es war einzigartig und vielleicht hätte ich ihm und mir noch eine Chance geben sollen?

Grünheide, November 2016, Thema: Wasserfall

Der Teufelsberg

Neugierig betreten wir das Gelände. Überall liegt Schrott herum. Vielleicht ist das auch Kunst? Ich sehe einen Hund, der aus alten Autoteilen zusammengeschweißt ist. Witzig. Dort an der Hauswand hängen mehrere Dutzend Fahrräder. Kreuz und quer, lenkerüber und sattelunter. Wie eine riesige Collage. Das ist ganz sicher Kunst.

„Tach alle zusammen. Wenn se hier rin wollen, kostet acht Euro." Ein dunkelhäutiger junger Mann mit Rastalocken stellt sich uns in den Weg. Wo kommt der denn plötzlich her? Erst jetzt entdecken wir das halb zusammengefallene „Kassenhäuschen". Wahrscheinlich saß früher hier mal der Pförtner. Wir schauen uns an.

„Eigentlich wollten wir hier eine historische Führung buchen", antworte ich leicht verunsichert.

„Dit kostet fufzehn Euro!" Der Rastamann tritt an mich heran und flüstert mir ins Ohr. „Aber wenn ick Ihnen een Tipp jeben darf. Tun ses nich! Is schade ums Jeld. Von uns weeß eh kener Bescheid, wat hier früher so abging."

Ich rücke von ihm ab. Er riecht, als hätte er Gras geraucht.

Schließlich zahlen wir jeder acht Euro und wollen gerade auf eigene Faust losmarschieren, da pfeift er uns zurück.

„Halt, nich so schnelle. Se müssen hier noch unterschreiben!"

Auf einem Pult liegt ein abgegriffener Zettel. Wir müssen unterschreiben, dass wir das Gelände auf eigene Gefahr betreten und den Pächter für keinerlei Schäden haftbar machen.

Mir wird etwas mulmig. So wie es aussieht, lauern hier jede Menge Gefahren. Wir müssen aufpassen, wo wir hintreten und biegen neugierig um eine Ecke. Es verschlägt uns den Atem. Der untere Gebäudekomplex besteht nur noch aus einem Stahlgerippe. Der obere ist mit wildem Graffiti beschmiert, schillert in den unglaublichsten Farben und präsentiert Sprüche wie: „TO HOT FOR HEAVEN, TO COOL FOR HELL!" Daneben Totenköpfe und fliegende Dinosaurier.

„Ich glaube, die acht Euro hätten wir uns sparen können", sagt mein Mann.

Doch als wir weitergehen, das besprühte Schrottauto, die Mülldeponie mit den alten Möbeln und das pinkfarbene Heizhaus hinter uns lassen, sehen wir den Turm mit der weißen Kugel und daneben die anderen Kugeln. Endlich. Das ist es, was wir sehen wollten.

Die markanten Bauten der Flugüberwachungs- und Abhörstation der amerikanischen Streitkräfte auf dem Berliner Teufelsberg aus der Zeit des Kalten Krieges. Genau deshalb sind wir hergekommen.

Die Gebäude sind in einem erbärmlichen Zustand. Sie sehen aus wie Gerippe und von den ehemals weißen Kugeln, in denen sich die Radarstationen befanden, flattern Stofffetzen im Wind. Schauerliche Töne sind zu vernehmen, denn der Wind bläst durch die Stahlträger und lässt die Zeltplanen knattern. Da wir unterschrieben haben, uns auf eigene Gefahr zu bewegen, steigen wir eine Betontreppe hoch, streifen durch luftige Hallen ohne Fassade mit skurrilen „Gemälden" an den verbliebenen Wänden und staunen. Einige Bilder sind faszinierend. Eine U-Bahn, die durch die Mauer bricht, ein Steinbock der einen Jungen vor sich her stößt oder das Porträt eines Mädchens, die aufreizend an ihrem Mittelfinger lutscht. Wir können die Künstler beim Sprühen beobachten und klettern durch ein finsteres Treppenhaus ganz nach oben in die weiße Kugel des größten Turms. Die Verkleidung ist hier noch fast intakt. In der Mitte steht ein Podest. Als wir hinaufgehen, gibt es ein Gewitter, verursacht durch unsere Schritte. Jedes Geräusch wird hier im Turm tausendfach verstärkt. Erst später erfahren wir, dass dieser Ort einmalig für seine Akustik ist.

Beim Abstieg führt der Weg über das Dach der alten Abhörstation. Zu unseren Füßen liegt der Grunewald. Links am Horizont sehen wir den Fernsehturm, rechts den Wannsee und dahinter Potsdam. Ein großartiger Blick. Nun bereuen wir nicht mehr, den Eintritt bezahlt zu haben und laufen vorsichtig weiter.

Mitten auf dem Dach vor dem großartigen Panorama und den hagelschweren Aprilwolken steht eine einsame Badewanne. Mit verzerrten Buchstaben bunt besprüht, steht sie auf einer EURO-Palette wie auf einer Bühne und wartet auf ihre Bestimmung.

Ich zücke den Fotoapparat, drücke auf den Auslöser und habe die Bestimmung gefunden. Diese Badewanne wird einen Ehrenplatz an meiner Wand erhalten und mich beim Arbeiten immer an diesen verrückten Ort erinnern.

Berlin, April 2017, Thema: Badewanne

Mittagspause

Es gießt wie aus Kannen. Horst sitzt am Biertisch vor dem Imbisswagen und zerteilt seine Currywurst mit dem Plastikbesteck. Er hat sich ganz bewusst unter das Vordach des Baumarktes platziert, damit er den kleinen Springbrunnen beobachten kann. Wie hübsch das Wasser sprudelt. Mit geübtem Augenmaß schätzt er die Säule im Durchmesser auf ungefähr fünfzehn Zentimeter, wobei die Höhe variiert. Das interessiert ihn besonders.

Er schiebt sich ein Stück Currywurst in den Mund und kaut genießerisch. Als er seine Mittagspause begann, waren nur wenige Blubberbläschen zu sehen, die auf dem Gullydeckel tanzten. Da hatte er nicht gedacht, dass sich daraus eine Fontäne entwickeln würde, die immer weiter anwächst.

Horst hält einen Daumen vors Gesicht und kneift das rechte Auge zusammen. Könnte jetzt schon dreißig oder gar vierzig Zentimeter erreicht haben. Die Mittagspause scheint unterhaltsam zu werden. Als Horst gerade mit dem Brötchen die Currysoße von der Pappe wischt, kommt ein kleiner Junge angelaufen. Er hockt sich vor das sprudelnde Wasser und versucht, die Schaumflocken aufzufangen, die die Fontäne auswirft.

„Paul-Ole!" Aus der Warteschlange am Imbiss erklingt ein entsetzter Schrei. „Komm sofort da weg!" Aber es ist zu spät, Paul-Oles Ärmel sind klitsch nass.

Die Mutter schnappt ihren Sprössling und nimmt ihn auf den Arm. Sie küsst ihn auf die Wange und Horst hört, wie sie zu ihm sagt: „Weißt du nicht mehr, dass du ein Prinz bist? Prinzen machen so was nicht." Ganz und gar nicht prinzlich fängt Paul-Ole an zu strampeln und zu zetern: „Lass mich runter!"

In dem Moment fährt ein Mofa ungebremst durch den See, der sich um den Gully herum gebildet hat. Wasser spritzt auf. Paul-Oles Mutter springt zur Seite und stimmt in das Gezeter ihres Sohnes ein.

Horst rührt sich nicht. Er nippt an seinem Kaffee und ist tiefenentspannt. Seine Arbeitshose hat auch eine Wasserladung abbekommen, doch die ist eh schon schlunzig. Macht nichts. Der Kaffee ist gut. Wie immer.

Inzwischen hat sich der See vom Imbiss bis zum Baumarkt ausgebreitet. Kunden stehen ratlos davor. Und die Höhe der Gullyfontäne ist auf fünfzig Zentimeter angestiegen. Schätzungsweise.

„Horst!" Der Imbissbesitzer steckt seinen Kopf aus dem Wagen. „Willst du nicht mal was unternehmen?"

„Wieso sollte ich?"

„Du bist schließlich Hausmeister hier! Unter meinem Wagen hängen Elektrokabel. Tue endlich was!"

„Hey entspann dich, Hakan. Ich hab' Mittagspause."

Horst überlegt. Vielleicht sollte er ein Foto von dem See und von dem Springbrunnen machen. Für die Versicherung. Und für die Kumpels am Stammtisch. Er leckt sich die

Finger ab und sucht in der Hosentasche nach seinem Handy.

Juni 2017: Prinzlich, Mofa, Wasser, schlunzig

In den Dolomiten

Endlich erfüllt sich mein Traum. Ich kann es kaum erwarten und sehe ehrfürchtig hinauf zu den Rosszähnen. Steil, unwirtlich und zerklüftet stoßen die Felsen hinter unserer Berghütte Tierser Alp in den Himmel. Hier in 2.440 m Höhe haben wir übernachtet. Als wenn das nicht schon genug Abenteuer wäre. Aber unsere Gruppe wartet, bis die anderen Gäste die Wanderschuhe festgezogen haben, die Rucksäcke schultern und ihre Tagesmärsche beginnen. Kurz nach acht Uhr morgens sind wir die letzten Schlafgäste, die noch die Terrasse belagern. Wir breiten unsere Ausrüstung aus und unser Bergführer Radi hilft uns, die Gurte anzuziehen, die Seilbremse zu befestigen und die Karabiner einzuhaken. Alles wird gründlich geprüft. Dann bekommt jeder von uns noch einen Helm. Meiner sieht wie eine weiße Salatschüssel mit Löchern aus. Aber was soll's. Es geht um die Sicherheit.

Schließlich marschieren wir hintereinander in einer kleinen Karawane in Richtung Klettersteig. Radi gibt das Tempo vor, langsam und stetig läuft er voran, so kann man auch steile Anstiege mühelos meistern. Am Fuße der Rosszähne, die im Morgenlicht rötlich schimmern, bekommen wir die letzten Instruktionen und los geht es. Jetzt ist jeder auf sich gestellt. Ich klettere hinter Radi und bemühe mich, meinen eigenen Weg zu finden. Immer an drei Punkten mit dem Berg verbunden sein. Wenn ich nur eine Hand oder ein Bein weiterbewege, dann kann nichts passieren. Ich suche nach Griffen und Tritten und ziehe mich langsam höher. Ungefähr sechzig Meter haben wir schon zurückgelegt, als das Stahlseil beginnt. Wir klicken jeder beide Karabiner dort ein und achten darauf, an den Haltepunkten immer nur einen davon zu lösen. Lange Zeit höre ich nur das Klicken der Karabiner und hin und wieder ein paar Steine rieseln, die wir durch unsere Schritte lösen. „Achtung, Stein!" rufe ich den Nachfolgenden zu, wenn das passiert. Gut, dass auch sie einen Helm tragen. Wir klettern konzentriert, niemand spricht ein Wort. Ich taste den Fels ab, ziehe mich höher, löse den Karabiner, klinke ihn weiter oben ein, schiebe den Körper nach. Es ist anstrengend, ich schwitze, möchte die Jacke ausziehen, aber der Gurt verhindert das. Nach einer Stunde haben wir den Gipfel des Großen Rosszahns erreicht. Auf 2.653 m Höhe steht ein eisernes Gipfelkreuz, das mit Geröll verfüllt ist. Radi beglückwünscht uns mit Handschlag zu unserem ersten erfolgreich gemeisterten Klettersteig. Erschöpft setzen wir uns, holen die Wasserflaschen aus dem Rucksack. Erst als mein Durst gestillt ist, sehe ich die wunderbare Aussicht. Vor uns der Rosengarten, daneben der Schlern und ganz klein die Tierser Alp mit ihrem leuchtend roten Dach.

Während wir rasten, kommen andere Gruppen, sogar Familien den Klettersteig hinauf. Alle machen erst einen angespannten, dann einen erleichterten Eindruck. Vor dem Gipfelkreuz entstehen viele Fotos. Für uns wird es Zeit mit dem Abstieg zu beginnen. Wir laufen los, klettern über Geröll und robben auf allen Vieren zum Stahlseil, als uns Radi zurückhält. „Es ist besser, wir lassen die beiden erst durch", sagt er und deutet auf zwei junge Männer mit freiem Oberkörper und Schottenrock, die es offenbar eilig haben. Sie tragen keine Helme, haben auch keinen Gurt und sind in einem zügigen Tempo unterwegs. Als sie auf dem schmalen Grat an uns vorbeiklettern, treten sie mit ihren Bergschuhen große Steine los. Offenbar wissen sie nicht, dass sie damit ganze Steinlawinen auslösen können. Fassungslos sehen wir ihnen hinterher und bewegen uns erst weiter, als ihre rotkarierten Röcke nicht mehr zu sehen sind.

Italien, September 2017, Thema: Schottenrock

Nachts auf dem See

Das Boot gleitet dahin und zerschneidet mit seinem Bug die Wasseroberfläche. Die Sterne und der Mond, die sich darin spiegeln, fangen an zu tanzen. Ich höre nichts, als das rhythmische Plätschern der Paddelblätter. Am Tage knattern Motorboote über den See, am Strand kreischen Kinder und Schwalben fangen Insekten im Tiefflug. Jetzt ist alles still und friedlich. So wie ich. Ich lasse meine Seele baumeln und frage mich, warum ich niemals vorher auf die Idee kam, nachts Boot zu fahren. Vielleicht weil ich kein Licht habe, so wie es Vorschrift ist. Vielleicht aber auch nur aus Bequemlichkeit. Ich lege das Paddel quer übers Boot und lehne mich zurück. Der Mond ist heute rund und voll und scheint mir mit seinem Kratergesicht zuzulächeln. Auf einem Steg sitzt eng umschlungen ein Pärchen, ich sehe nur ihre Schatten. In den Gärten am Ufer glimmen bunte Solarlichter und hinter den Fenstern der Häuser leuchtet Gemütlichkeit. So wie heute, habe ich den See noch nie gesehen. Ein leuchtender Punkt taucht am Nachthimmel auf und zieht langsam und kontinuierlich seine Bahn. Ich erinnere mich an einen Beitrag im Internet. Alexander Gerst, oder Astro Alex, wie er von seinen Fans genannt wird, hat uns aufgefordert nach der ISS Ausschau zu halten. Sie sei in diesen Tagen gut zu erkennen. Plötzlich bin ich mir sicher, die Raumstation zu sehen, wie sie gen Osten fliegt und stelle mir die sechs Astronauten an Bord vor, die auf die Erde herabblicken. Ich lächle und tauche meine Hände ins Wasser. Es umschmeichelt meine Haut, liebkost und kühlt sie. Selbst das Wasser fühlt sich anders an als am Tage. Ich drehe meine Hände wie Quirle, kleine dunkle Strudel entstehen. Neben mir schnattert empört eine Ente, die ich wohl bei ihrer Nachtruhe störe. Astro Alex und die ISS sind schon nicht mehr zu sehen. Dafür schaukelt dort drüben ein Schwanenkörper ohne Kopf auf dem Wasser. Der scheint unter den Flügeln zu stecken. Das Tier schläft und stört sich nicht an meinem Geplätscher. Ich nehme das Paddel und lasse das schmale Boot sacht weitergleiten. Im Mondlicht unterm Sternenhimmel wird mir bewusst, wie schön das Leben sein kann.

Grünheide, Juli 2018: Hände und Nacht

Glücksstern

Ich breite die Arme aus und drehe mich im Kreis. Über mir die Sterne, die sich auch zu drehen beginnen. Unter meinen bloßen Füßen der Sand, immer noch warm vom Sommertag. Ich höre die Brandung des Atlantiks, das Zirpen der Zikaden in den Dünen und fühle mich frei. So frei, wie man sich nur im Urlaub fühlen kann.

Wenig später sitzen wir Rücken an Rücken im Sand, die Köpfe gegeneinander gelehnt und beobachten den Nachthimmel. Heute sollen die meisten Sternschnuppen zu sehen sein. Wir sind den Strand entlang gelaufen, bis kein Lichtschein vom Ufer mehr stört. Ich liebe das Rauschen der Wellen und die warme Briese vom Meer, die über meine Haut streicht. Plötzlich ist da noch etwas, das an meinem Bein entlang streicht. Eine junge Katze, schwarz wie die Nacht, ganz zutraulich. Ich kraule ihr struppiges Fell und hoffe, sie hat jemanden, der für sie sorgt.

„Da!" Robert hat sich von mir gelöst und zeigt aufgeregt nach oben. „Hast du sie gesehen?" Die Katze flitzt davon. „Schade", antworte ich und weiß nicht, ob ich die Katze oder die verpasste Sternschnuppe meine.

Robert setzt sich neben mich, nimmt mich in den Arm und gemeinsam lassen wir den Himmel auf uns wirken. Wir sehen die Milchstraße und die Sterne, die so verschieden sind. Manche funkeln, andere wechseln ihre Farbe und manche bewegen sich und sind wahrscheinlich Satelliten. Der große Wagen und der

Orion, die einzigen Sternbilder die wir erkennen, sehen hier am Meer anders aus als zu Hause. Wir beginnen zu träumen. Von fernen Welten und von zu Hause. Als wir schon nicht mehr daran denken, löst sich ein Stern aus seiner Position und fährt in einer halbkreisförmigen Linie am Himmel entlang, bis er erlischt. Ein Ruck ist durch unsere Körper gegangen, dieses Mal haben wir es beide gesehen. Aber wir schweigen, denn jeder von uns weiß, was sich der andere in diesem Augenblick wünscht: Glück für unsere Tochter, die vor ein paar Tagen von ihrem Liebsten einen Heiratsantrag bekommen hat.

Portugal, August 2018: Haustier, Hochzeit, Kreis

Winter im Spreewald

Jens zieht sich die Decke enger um die Schultern und hält vergebens nach dem Glühwein Ausschau, den sie ihm versprochen hat. Nur deshalb ist er mitgefahren. Aber der Service an Bord dieses Kahns lässt zu wünschen übrig. Immerhin hat der Bootsführer Decken verteilt. Jens verflucht innerlich, dass er immer so schnell nachgibt. Eigentlich hatten sie in Lübbenau nur auf den Weihnachtsmarkt gehen wollen. Lecker essen und trinken und nach Geschenken Ausschau halten, so war der Plan gewesen. Aber dann hat Anja dieses Schild gesehen: Theaterkahnfahrt – Einstieg hier. Kahnfahren im Spreewald mit lauter Rentnern im Boot, das war nichts für Jens. Schon gar nicht in dieser Jahreszeit und im Dunkeln. Aber nun sitzen sie dicht gedrängt auf den harten Bänken, es schaukelt leicht und hin und wieder hört man ein Plätschern, wenn der Bootsführer das Rudel durch das Wasser zieht. Es gibt kein Zurück. Was tut man nicht alles, um seine Liebste zu erfreuen. Jens nimmt sich vor, stark zu sein. Eine Stunde ist ja keine Ewigkeit.

Vor ihnen taucht die erste Brücke auf, von der schwere Tücher hängen. Zwei Mädchen mit Weihnachtsmützen ziehen die Tücher wie einen Vorhang nach oben und der Kahn gleitet hindurch. Dahinter ist nichts als Schwärze. Anja legt den Arm um Jens. „Ist dir kalt, Schatz?"

Natürlich ist ihm kalt. Saukalt sogar. Und warum gibt es keinen Glühwein?

„Es geht schon."

„Sieh nur, die schönen bunten Kugeln."

Kugeln? Tatsächlich. Die hat er glatt übersehen. In regelmäßigen Abständen stehen am Ufer Glasbehälter, die mit leuchtenden bunten Kugeln gefüllt sind. Als Wegmarkierung sozusagen. Vielleicht als Orientierung für den Fährmann. Damit der sie nicht in die Böschung schippert.

„Hmh", brummt Jens.

Ein paar Meter weiter auf einer Wiese bewegt sich etwas. Beim Näherkommen gewahren sie eine Eisprinzessin mit Silberkrone in einem weißen Kleid mit Flügeln, auf denen unzählige kleine LED-Lichter glitzern. Sie tanzt zu leiser Musik, die aus einer Trauerweide zu kommen scheint. Dann nimmt sie ein geheimnisvolles Rohr, pustet hinein und viele schillernde Seifenblasen schweben über das Wasser. Eine landet vor ihnen auf dem kleinen Holztisch, zerplatzt und Jens sieht, dass sie mit Rauch gefüllt ist. Erst jetzt bemerkt er die begeisterten Rufe der Kinder. Es sind also doch nicht nur Rentner an Bord.

Weiter geht die Fahrt durch die dunkle Nacht bis zu einem Uferweg, von dem eine Gestalt mit langem Bart und Mantel zu ihnen spricht. Es ist der Wassermann, der seinen Dreizack schwenkt und von den Lutgen erzählt, einem kleinwüchsigen Volk, das lange in dieser Gegend gelebt hat und schließlich vom lauten Klang der Kirchenglocken unter die Erde vertrieben wurde. Die Maulwurfshügel drüben bei der Eisprinzessin seien gar keine Maulwurfshügel, sage er, sondern Eingänge zur Welt der Lutgen.

Jens lächelt. Was für ein Unsinn. Aber er hört ihm gern zu, dem Wassermann. Alle anderen an Bord sind ebenfalls gefangen von seiner Erzählung.

Danach führt der Kanal durch einen dunklen Wald. Im Boot lassen sich erstaunte Rufe hören und Hände zeigen nach oben. In den Bäumen über ihnen tanzen tausende kleine Laserpunkte wie Glühwürmchen in den Zweigen. Jens legt den Kopf zurück und zieht Anja enger an sich. Die Magie ist beinahe greifbar. Er beginnt die Fahrt zu genießen. Auch später, beim Dudelsackspieler und der alten Mumme am Feuer vor ihrer Hütte, kann er sich dem Zauber nicht mehr verschließen. Sie hören Geschichten von vergangenen Zeiten und Bräuchen und saugen alles in sich auf. Längst ist Jens versöhnt mit dieser Kahnfahrt im Winter. Sie sehen noch einer Feuertänzerin bei ihrem Spiel mit dem Feuer zu und treffen den Bludnik, eine beliebte Fabelfigur aus dem Spreewald. Er ist ein Irrlicht und singt ihnen ein freches Lied vor, in dem er einen Taler fordert, um sie sicher nach Hause zu geleiten. Plötzlich ist die Stunde um und der Fährmann steuert das Boot zurück in den kleinen Hafen. Jens applaudiert zusammen mit den anderen und es klingt gedämpft durch die dicken Handschuhe.

Lübbenau, Dezember 2018, Thema: Lichter

Die Magie der Fjorde

Norwegen steht auf unserer „Löffelliste". Dort haben wir alle Wünsche aufgeschrieben, die wir uns noch erfüllen möchten, bevor wir den „Löffel abgeben". Zugegeben, das mit der Liste haben wir geklaut aus dem Film „Das Beste kommt zum Schluss", mit Jack Nicholson und Morgan Freeman. Ein großartiger Film der uns die Anregung dazu gab.

Als im Fernsehen eine Doku über das Ökosystem der Fjorde in Norwegen läuft, werden wir aufmerksam. Was erst nach Biologieunterricht klingt, entpuppt sich bald als eine magische Reise in ein Land voller Naturschauspiele. Untermalt mit passender Musik erleben wir Orcas, die Jagd auf Heringsschwärme machen, Seesterne, die sich im Zeitraffer tanzend dahinbewegen, aggressive Kämpfe zwischen Eiderenten und Möwen, Kampfläufer bei der Balz, Kronenquallen als scheinbar außerirdische Lebensform und breitwarzige Fadenschnecken, die im Dunkeln leuchten. Doch am meisten beeindrucken mich die Seefedern, von deren Existenz ich bis heute nichts wusste. Sie gehören zu Kategorie der Blumentiere, sehen tatsächlich aus wie Federn und stehen aufrecht auf dem Meeresboden. Dort bewegen sie sich Rhythmus der Wellen und wenn Gefahr droht, verschwinden sie im Sand. Auch sie leuchten im Dunkeln und verteilen fluoreszierende Schwebepartikel im Wasser, eine Art Feenstaub, der mich zum Staunen bringt. Versunken in diese

Märchenwelt, freue ich mich schon jetzt auf unsere Norwegenreise und die Begegnung mit den Wundern der Natur. Angeregt durch diese einzigartigen Bilder überlege ich, meine Löffelliste um einen weiteren Punkt zu ergänzen: Tauchen lernen.

März 2019, Thema: Feenstaub

Gesichter meines Vaters

Mein Vater sitzt auf dem Beifahrersitz und kommentiert jedes vorbeiziehende Hinweisschild. Leipzig - seine erste Anstellung an der Hochschule, Quirla, in der Nähe von Stadtroda, da waren wir mal im Urlaub, Weimar – drei Jahre Studium im Schloss Belvedere und dann endlich Meiningen – nicht nur eine Stadt, sondern für ihn eine Berufung. Seine Augen funkeln voller Vorfreude.

Dann mit der Krücke zum Hotel, das Festspielbüro hat reserviert, sie wussten wohl nicht, dass er bald siebenundachtzig wird? Das Badezimmer liegt im ersten Stock. Er muss eine Wendeltreppe hinauf. Mit seiner Arthrose. Langsam Schritt für Schritt zieht er sich am Geländer hoch, das Gesicht schmerzverzerrt.

Später im Theatermuseum sind alle Schmerzen vergessen. Mit Interesse schaut er sich die Skizzen von Georg an, dem Theaterherzog von Sachsen-Meiningen, der es mit seinem Hoftheater zu Weltruhm gebracht hat. Weitere Vitrinen befinden sich auf der Empore, wieder eine Wendeltreppe. Doch mein Vater ist nicht zu bremsen. Vergessen ist die Arthrose, er nimmt die Stufen ohne Zögern. Zu groß ist die Neugier.

Am Abend dann fränkischer Spargel im Schlossrestaurant. Den bestellt er sich mit Thüringer Klößen, genannt Hütes, auch wenn das nicht ganz zusammenpasst. Er genießt das Essen und lässt sich jeden einzelnen Bissen auf der Zunge zergehen. In seinem

Mundwinkel hängt ein Tropfen Sauce Hollandaise.

Am Dienstag ist sein großer Tag. Er hat die Ehre, das internationale Symposium der Theaterleute mit einem Vortrag über den Herzog zu eröffnen. Er humpelt mit seiner Krücke zum Podium, darf sich setzen. Kurze Mikrofonprobe. Über sechzig Augenpaare sind auf ihn gerichtet. Ob er es noch packt? So wie früher? Auf seiner Stirn vertiefen sich waagerechte Denkerfalten. Er ist hochkonzentriert. Jetzt nur nicht herumstottern und nach Worten suchen.

Doch kaum hat er begonnen, läuft es wie von selber. Die Worte kommen aus seinem Inneren, er braucht sie nicht zu suchen. Sie sind ein Teil von ihm. Sein Leben. Sein Werk. Er sitzt aufrecht, gestikuliert, verstellt die Stimme, scherzt und schaut offen ins Publikum. Nicht nur sein Gesicht, sondern jede Pore strahlt eine Leidenschaft aus, die schnell auch die Zuhörer ergreift.

Fünfundvierzig Minuten später beendet er den Vortrag. Das heißt, muss er ihn beenden. Wäre es nach ihm gegangen, hätte er gut und gern noch zwei bis drei Stunden reden können. So wie früher. Aber es gibt noch andere Programmpunkte. Das sieht er ein. Legt sein Manuskript auf das Pult und steht auf. In diesem Moment donnert der Applaus los. Auch die Zuhörer stehen. Er sieht in die Runde, lächelt und seine Augen glitzern vor Stolz.

Danach wird er umringt von jungen und älteren Teilnehmern. Sie tauschen Visitenkarten, fachsimpeln und verabreden sich für den Abend im Theater. Mein Vater strahlt und kann sich nicht erinnern, wann er das letzte Mal so glücklich gewesen ist.

Meiningen, April 2019, Thema: Gesichter

Tafli

Endlich befreit aus der zwängenden Enge. Tafli entfaltet vorsichtig die hauchdünnen Fühler. Sehen kann sie nichts, es ist stockdunkel. Und nass. Sie ist im Wasser. Sechs krumme Beinchen, der Körper lang und biegsam und hinten drei kurze Schwanzfäden. Tafli ist zufrieden mit sich und bewegt nacheinander alle Gliedmaßen. Dabei hebt sie ungewollt ab. Sie schwebt, steigt auf und schwimmt. Schnell merkt sie, dass sie mit ihrem Leib steuern und mit den Beinchen die Geschwindigkeit bestimmen kann. Das macht Spaß. Tafli wird übermütig und strebt nach oben. Ihr ist, als ob es dort heller wird. Plötzlich spürt sie eine Bewegung über sich und versteckt sich instinktiv hinter einem alten Autoreifen. Wie der ins Wasser kommt, darüber macht sich Tafli keine Gedanken. Tatsächlich gleitet ein dunkler Schatten über sie hinweg und als er fort ist, sieht sie Licht. Genau dorthin möchte Tafli. Zum Licht. Sie rudert mit den kurzen Beinchen und kann auch die Schwanzfäden gut einsetzen, um vorwärts zu kommen. Schon erkennt sie die Wasseroberfläche. Dort schaukelt ein großes grünes Seerosenblatt. Das es ein Seerosenblatt ist, weiß Tafli natürlich nicht. Aber sie weiß, es ist ideal, um dort hinaufzukrabbeln und sich auszuruhen. Tafli hat noch nie die Sonne gesehen und blinzelt. Es ist schön hier. Ihr kleiner Körper trocknet und plötzlich löst sich die äußere Hülle ihrer Haut und milchig trübe Flügel kommen zum Vorschein. Sie reibt die Flügel aneinander und ein Gefühl der Stärke überkommt sie. Sie könnte abheben vor Glück. Sie kann abheben! Sie bewegt die Flügel so schnell, dass es nur so schwirrt und sie fliegt. Tafli ist stolz auf sich. Was sie alles kann! Schweben, schwimmen, krabbeln und nun auch fliegen. Jetzt möchte sie nicht mehr ins Wasser zurück, sondern sucht sich ein Plätzchen auf der grünen Wiese am Ufer. Sie krabbelt an einem Grashalm ganz nach oben und verharrt. Die Wärme der Sonne tut ihr gut und wieder geschieht ein Wunder. Durch eine weitere Häutung entstehen neue Flügel. Es fühlt sich großartig an. Mit neuer Kraft schwingt sich Tafli auf und ist plötzlich mittendrin in einem Schwarm Ihresgleichen. Sie ist nicht mehr allein. Alle wirbeln wild durcheinander und verdichten sich immer mehr zu auf- und absteigenden Schwarmwolken. Ihr Flug ist turbulent, aber völlig lautlos. Tafli sprudelt über vor Eifer. Und mit einem Mal ist er da. Vollführt einen wilden Hochzeitsflug und weicht ihr nicht von der Seite. Sie fühlt sich zu ihm hingezogen und dann fliegen sie Bauch an Bauch. Er hängt sich unter Tafli, lässt sich von ihr tragen, denn sie ist stark. So mächtig stark. Es ist aufregend, ihn so nah zu spüren. Beide versinken im Glück der Vereinigung. Dann taumeln sie zurück zum Wasser. Er ist so schwach, fällt leblos auf die Wasseroberfläche und sie lässt ihn gehen. Er ist nicht mehr wichtig. Auch sie fühlt sich matt. Aber Tafli hat noch eine Aufgabe zu erfüllen. Eine sehr wichtige. Sie sammelt alle ihre verbliebenen Reserven und senkt im Tiefflug ihren Hinterleib in den See, um etwa

5000 Eier abzulegen. Genau über dem alten Autoreifen. Es ist eine Erlösung für sie. Danach begibt sie sich zur ewigen Ruhe, dahin, wo alles begann. Ins Wasser.

Grünheide, Mai 2019, Thema: Langes Leben

Die Kutsche

Er liebt das Zirpen der Grillen. Es ist die Musik des Sommers, die er hört, wenn er die Wiese mit der Sense bearbeitet. Gleichmäßig schwingt er das Blatt von rechts nach links, bis die Halme knicken. Sie sind längst nicht mehr grün. Trockene dürre Stiele, wohin er auch sieht. Aber dem Pferd macht das nichts aus. Es ist nicht wählerisch und frisst im Winter, was in die Krippe kommt. Manchmal wünscht sich Ibro weit weg von seinem Heimatland Bosnien. Besonders, wenn er abends in der verfallenen Hütte sitzt und im Fernsehen die Serien aus Amerika schaut. Was haben die dort für schöne Häuser. Selbst die Schulen, in die sie gehen, sind nicht annähernd so, wie seine. Er muss jeden Tag fünfzehn Kilometer mit seinem Fahrrad fahren, um im nächsten Ort mit Kindern aller Altersklassen in dem einzigen Klassenraum, den es dort gibt, bei dem einzigen Lehrer, den er kennt, das zu lernen, was dieser für richtig hält. Immerhin kann er jetzt, mit fast dreizehn Jahren, gut Lesen und Schreiben. Wozu er das braucht, weiß er zwar nicht, denn ihm ist klar, dass er sein Leben lang auf dem Hof der Eltern arbeiten wird. Sie brauchen ihn. Vater sitzt im Rollstuhl und Mutter kann sich auch nur mit Hilfe von Krücken bewegen. Sie haben sich im Krankenhaus ineinander verliebt und sich geschworen, es gemeinsam zu schaffen. Das Leben zu meistern. Dann ist er geboren worden. Ibro, den sie über alles lieben. Sie holen mit dem Pferd

Holz aus dem Wald, zersägen es und verkaufen es als Brennholz. Davon leben sie. Aber es reicht nicht, um das Haus instand zu halten. Das Dach ist undicht, der Putz blättert von den Wänden und in den Mauern schimmelt es. Zum Glück müssen sie nicht hungern. Das liegt an Mutters Gemüsegarten und an den Kartoffeln, die sie für den Winter einkellern. Trotz seines Rollstuhls hilft auch Vater immer tüchtig mit. Er hat zwei kräftige Arme, die ordentlich zupacken können.

Im Frühling ist plötzlich ein junger Mann aus der Stadt aufgetaucht. Er hat mit ihnen gesprochen und sie bei der Arbeit mit seiner Handy-Kamera gefilmt. Mutter bot ihm Tee an, zeigte ihm das Haus und das Pferd. Vater führte vor, wie geschickt er es vom Rollstuhl aus anspannen kann und wie er Holz sägt. Dann haben sie alle gemeinsam mit ihrem Gast Kartoffeln mit roten Rüben gegessen und viel gelacht. Er sagte, er würde ihnen helfen. Wollte den Film über sie ins Internet stellen, wenn sie einverstanden sind. „Warum nicht", sagte der Vater. „Wir haben sowieso kein Internet."

An all das denkt Ibro, als er die Sense durch das hohe Gras zieht. Seine Schultern schmerzen, es ist ein anstrengender Tag gewesen. Er sehnt sich nach seinem Bett und wird vor dem Schlafen vielleicht noch ein kleines bisschen Fernsehen. In die Ferne sehen. In andere Länder.

Da hört er Motorengeräusch vom Feldrand her und sieht auf. Auch Mutter und Vater, die gerade Holz auf den Wagen stapeln, schauen auf. Ein Lkw fährt über den Schotterweg auf ihr Grundstück. Der wird sich wohl verfahren haben, vermutet Ibro. Aber der Lieferwagen hält direkt vor ihm und der Fahrer kurbelt das Fenster herunter. „Bin ich hier richtig bei Familie Koricic?"

„Ja, das sind wir", antwortet Ibro und stützt sich auf seine Sense.

„Ich habe eine Lieferung aus Deutschland für euch." Er wirft einen Blick auf Mutter und Vater. „Vielleicht kannst du mir beim Abladen helfen?"

Ibro nickt und der Fahrer öffnet die hintere Laderampe. Dann klettert er ins Innere des Wagens und winkt Ibro zu, es ihm gleich zu tun.

Gemeinsam zerren sie eine wunderschöne, schwarz-rot gestrichene Kutsche auf die Laderampe. Der Fahrer bedient einen Schalter und die Kutsche wird langsam nach unten gelassen. Ibro springt vom Lkw, direkt vor den Rollstuhl seines Vaters. Mutter steht staunend dahinter. Der Fahrer klopft Ibro auf die Schulter und übergibt ihm einen Brief.

„Viel Spaß mit eurem neuen Spielzeug", scherzt er und lässt die Laderampe wieder hochfahren, um sie sorgfältig zu verschließen.

„Lies vor!", ruft Vater ungeduldig. „Was steht in dem Brief?"

Ibro öffnet den Umschlag und liest: „Liebe Familie Koricic, wir haben den Film über euch bei YouTube gesehen. Auch wir stammen ursprünglich aus Bosnien und sind 1990 vor dem Krieg nach Deutschland geflüchtet. Da es uns nun ganz gut geht, möchten wir euch diese Kutsche schenken, die wir preiswert auf

Ebay ersteigert haben. Ihr könntet damit Hochzeitsgesellschaften fahren und euch etwas dazu verdienen. In unserer Gemeinde haben wir außerdem Geld für euch gesammelt. Es ist eine Menge zusammengekommen. Vielleicht könnt ihr davon euer Haus renovieren? Demnächst bekommt ihr Besuch von unserem Onkel Tomislav, der bringt euch das Geld. Wir würden uns freuen, von euch zu hören. Herzliche Grüße, Familie Sirco aus Berlin."

Bosnien, August 2019, Thema: Film

Das Sternenzelt

Laurina sieht ihn dort sitzen. Ihren frisch angetrauten Ehemann. Keine zwei Wochen sind sie jetzt verheiratet und er sitzt vor dem Fernseher und schaut Terminator. Es kracht und rumst im Wohnzimmer. Johannes hat alle Boxen eingeschaltet und Blitze zucken durch die dunkle Stube. Er liegt nicht entspannt auf dem Sofa und trinkt sein Bier. Nein, er sitzt auf einer halben Hinterbacke dicht am Bildschirm und würde am liebsten mitkämpfen. Laurina beobachtet, wie er jedes Mal mit zusammenzuckt, wenn der Held Schläge einsteckt. Sie schmunzelt über ihren Hannes. Neulich hat sie sich darüber mit Margit, ihrer besten Freundin, unterhalten. Diese meint, das Aktion-Film-Gen hätten die meisten Männer. Wenn das durchkommt, könne man nichts machen. Außer Stümpfe stricken, die Bügelwäsche erledigen oder Kreuzworträtsel lösen.

Never! Vor so einem Leben hat sie Angst. Laurina schüttelt entschlossen den Kopf. Nicht mit ihr. In einer Ehe ist es wichtig, gleich von Anfang an zu zeigen, wie der Hase läuft. Samstagabend vor dem Fernseher geht gar nicht. Zumal es nicht irgendein Samstagabend ist, sondern ein besonders schöner, sternenklarer lauer Augustabend. Sehnsüchtig schaut Laurina aus dem Küchenfenster während im Wohnzimmer ein Auto explodiert. Und noch eines. Das scheint ein ziemlich großes gewesen zu sein, die Wände flackern im Schein der Flammen. Es reicht. Sie wird diesen Krieg stoppen. Schnell schlüpft sie in die Gartenschuhe und geht hinüber zum Nachbarn. Der hat neulich erzählt, er habe sich ein Pop-up-Zelt gekauft. Genau das braucht sie jetzt. Zum Glück ist er da und leiht es ihr freigiebig. Jetzt nur noch eine Kuscheldecke, Kissen, eine Flasche Wein, zwei Gläser und alles rein ins Auto.

Im Wohnzimmer ist gerade Werbepause. Johannes sucht nach ihr. „Willst du nicht mitgucken, Lauri?"

„Nein, Hannes. Wir gucken gemeinsam etwas anderes. Ich verspreche dir, du hast noch nie so einen großen Bildschirm gesehen."

„Was meinst du?" Er schaut zwischen Wohnzimmer und ihr hin und her.

„Es wird eine Überraschung, komm einfach mit!"

Wenig später, nachdem Hannes die Aufnahmetaste gedrückt hat, damit er sich den Film später weiter ansehen kann, sitzen sie im Auto und Laurina fährt hinaus aus der Stadt. Sie passieren die letzten Häuser, dann kommen nur noch Felder und Wälder. Laurina lenkt den Wagen von der Straße auf einen holprigen Sandweg und hält auf die Bäume zu.

„Wo willst du hin?", wundert sich Hannes.

„Genau hier hin!" Laurina stellt den Wagen am Waldrand ab, beugt sich zu ihrem Mann und gibt ihm einen Kuss. „Warte hier. Ich muss kurz etwas vorbereiten!"

Während Johannes das Autoradio laut dreht, holt sie aus dem Kofferraum das Zelt. Mit einem Handgriff ist es entfaltet und schnell mit Heringen im Boden befestigt. Jetzt noch die

Decke, die Kissen und die Weinflasche hinein, fertig.

„Hannes. Du kannst kommen. Aber mach bitte die Musik aus."

Zögernd steigt er aus dem Wagen. „Es ist stockfinster hier. Ich kann nichts sehen."

„Brauchst du auch nicht, komm mit!" Laurina führt ihn zum Zelt.

Hannes staunt. „Wo hast du das denn her?"

„Von Mario."

Sie krabbeln ins Zelt und Laurina öffnet die Weinflasche.

„Das ist wirklich schön", findet Hannes. „Aber wo ist der große Bildschirm, mit dem du mich hergelockt hast?"

Laurina füllt die Gläser, sie stoßen an und trinken einen Schluck. Dann zeigt sie nach draußen. Durch die offene Einstiegsluke ist der Himmel zu sehen an dem tausende von Sternen blinken. Es ist so dunkel, dass man jeden einzelnen deutlich erkennen kann.

„Das da ist der Bildschirm. Wenn wir Glück haben, sehen wir Sternschn…"

Weiter kommt sie nicht, denn Hannes verschließt ihren Mund mit einem Kuss.

Irgendwo in Brandenburg, Januar 2020: Finsternis und Angst

84

Von Südafrika über Grünheide zum Mars

Abends in der Hochzeitssuite in Nature Valley, Südafrika. Was macht man da? Richtig, man liegt nebeneinander im King-Size-Bett, ist im Hotel-W-Lan eingeloggt und checkt seine E-Mails. Jeder für sich. Versteht sich. Plötzlich Schnappatmung bei meinem Ehemann Robert. Zuerst denke ich, es geht ihm nicht gut und er hat den Line-Fisch nicht vertragen, den wir im Restaurant gegessen haben. Aber das ist es nicht. Er hat etwas in seinem Handy gelesen, was ihn völlig aus der Fassung bringt. Sein Getue, seine mit aller Macht um Aufmerksamkeit heischenden Geräusche, die er ausstößt, nerven mich. Meine Toleranzgrenze ist nicht mehr da, wo sie mal war, als wir vor fünfundzwanzig Jahren geheiratet haben. Ja, wir sind auf Silberhochzeitsreise. Aber auch da darf man abends mal seine Ruhe haben, oder? Ich bin gerade bei Instagram und schaue mir Pferdefotos aus der Heimat an. Ich versuche ihn zu ignorieren.

Robert fängt hysterisch zu lachen an. „Ich fass es nicht!", ruft er schließlich und klopft mit dem Finger auf das Display seines Handys. „Das kann nicht wahr sein!"

Ich gebe mich geschlagen und lass mein Handy auf die Kissen sinken. „Was ist denn?", frage ich mit dem gewissen Unterton in der Stimme. Den müsste er eigentlich kennen. Sollte ihm signalisieren: Sie möchte jetzt nicht gestört werden. Aber keine Chance. Er rauft sich die Haare und schüttelt fassungslos den Kopf. „Du wirst es nicht glauben!"

„Was denn?" Langsam wird es anstrengend. Wenn er es nicht endlich erzählt, platzt er vielleicht noch. „Nun sag schon!"

Er ist ganz rot im Gesicht und sucht nach Worten. Am liebsten würde ich irgendetwas nach ihm werfen. Nicht das Handy. Nein. Vielleicht einen Wischlappen? Ich schaue mich im Hotelzimmer um.

„Elon Musk …., er will …. eine neue Tesla-Giga-Factory bauen.", stammelt Robert und klopft wieder auf sein Display.

„Na und?", frage ich gereizt. „Lass ihn doch!"

„Es gibt schon drei davon. Zwei in den USA und eine in Shanghai."

„Wie interessant." Ich richte mein Kissen und mache es mir gemütlich. Stelle mich auf einen längeren Vortrag ein. Könnte ermüdend wirken.

„Und jetzt rate mal, wo die vierte Fabrik hin-soll!" Robert sieht mich mit seinem Ich-Weiß-Was-Blick an.

Ich bin mit mir uneinig, ob ich aufstehen und nach dem Wischlappen suchen soll, oder ob ich womöglich die Antwort wissen will. Also schweige ich und sage gar nichts.

„Musk wird die nächste Tesla-Gigafactory in Europa bauen." Er macht eine verheißungs-volle Pause und mir ist klar, da kommt noch was.

„In Brandenburg. Grünheide!"

„Was?" Mit einem Mal bin ich hellwach. „Bei uns in Grünheide? Ist das ein Scherz?"

„Nein", Robert zeigt mir den Artikel bei ntv. „Hier steht es schwarz auf weiß. Tesla kommt nach Grünheide."

Es ist November 2019. Wir sind in Südafrika. Weit weg von zu Hause. Aber in diesem Moment wird mir klar, wenn wir zurückkommen, wird Grünheide nie wieder so sein, wie es mal war. Kein verschlafenes Örtchen mehr - mitten in der Natur- das keiner kennt.

„Okay", sage ich. „Dann melde uns schon mal an. Wenn die Fabrik wirklich kommt, hilft nur Flucht. Dann fliegen wir beide mit Elon Musk und seiner SpaceX-Mission zum Mars. Kommst du mit?"

Südafrika, Januar 2020: Uneinig und Wischlappen

Ivo

Seit über zwanzig Jahren fährt Charlotte mit ihren Eltern zum Skifahren nach Österreich. Jeden Winter freut sie sich darauf. So auch dieses Jahr. Und doch ist alles anders. Charlotte ist nicht mehr allein. Ivo gehört jetzt zu ihr, sie haben im Sommer geheiratet. An die Flitterwochen mit ihm auf Madeira erinnert sie sich gern zurück. Nun der erste Winterurlaub ohne ihn. Er hat einen neuen Job und keinen Urlaub bekommen. Außerdem macht er sich nicht viel aus Skifahren. Bonzensport, hat er gesagt. Er kann nicht verstehen, warum man dafür so viel Geld ausgibt. Vor zwei Jahren hat er es ihr zu Liebe einmal ausprobiert und sich recht geschickt dabei angestellt. Doch so richtig ist der Funke nicht übergesprungen.

Charlotte sitzt auf der Rückbank im Wagen ihrer Eltern und hat die Stirn gegen die Scheibe gelehnt. Sie nimmt den Regen und die Landschaft draußen kaum wahr. Sie denkt an Ivo. Wie er sie heute früh sanft an sich gedrückt und ihr eine gute Reise gewünscht hat. Sie solle gesund wiederkommen. Charlotte spürt noch jetzt seine Wärme, seinen Duft und seinen Kuss. Ist es egoistisch von ihr, ihn wegen des Skivergnügens allein zu lassen? Ob er ihr das übelnimmt?

„Wir müssen noch mal zur Tankstelle", sagt ihr Vater und fährt von der Autobahn ab. „Ich habe das Antifrostmittel für die Scheibenwischanlage vergessen."

„Das werden wir in Österreich brauchen", bestätigt die Mutter, die es sonst immer nervt, wenn die Fahrt aus solchen Gründen unterbrochen wird.

Charlotte ist alles egal. Sie starrt aus dem Fenster und wundert sich, als der Vater den Wagen an einer Bushaltestelle anhält. Sollte sie hier aussteigen und zu Ivo zurückfahren? Der Regen plätschert gegen die Autoscheiben. Ziemlich laut. Es klingt beinahe wie ein Klopfen. Das Klopfen wird lauter. Endlich hebt Charlotte den Blick und erschrickt. Draußen steht ein tropfnasser Ivo mit einem Rollkoffer in der Hand und winkt ihr zu.

Charlotte ist verwirrt und es dauert eine Weile, ehe sie die Wagentür öffnet.

„Darf ich mitfahren?", fragt er scheinheilig.

„Wieso…?" Charlotte versteht noch immer nicht.

„Überraschung!", ruft er lachend. „Ich habe doch frei bekommen!"

Da springt sie aus dem Auto und landet direkt in seinen Armen. Ihr wird bewusst, dass sie alle unter einer Decke gesteckt haben. Ihre Eltern und Ivo. Von wegen Tankstelle und Antifrostmittel. Jetzt stehen sie alle vier im Regen und umarmen sich. Charlotte kann es nicht glauben. Sie hat nichts, aber auch gar nichts geahnt. Warum ist Ivo heute früh nicht einfach mit ihr mitgefahren? Die Antwort liegt auf der Hand. Weil die Überraschung dann nicht so groß gewesen wäre.

Bushaltestelle, Februar 2020: Plätschern und sanft

Der Mauerweg

Als endlich der Tag anbricht, spürt Udo seine Beine kaum noch, so kalt ist ihm. Dabei ist er die ganze Nacht hin und hergelaufen. Immer wieder. Exakt fünfzig Meter hin und fünfzig Meter zurück. Jetzt kann er seinen Atem im Dämmerlicht sehen und Franz, dem er jedes Mal am Umkehrpunkt begegnet. Auch er trägt die Waffe schussbereit in den Händen und hält Ausschau nach allen Seiten. Es ist ihnen verboten, im Dienst zu reden, doch sie tauschen Blicke aus. Franz ist angespannt und seine Augen flehen: „Bitte nicht heute. Nicht in meiner Schicht." Udo nickt unmerklich und versucht, die Gedanken daran zu verdrängen. Er muss stark bleiben, das hat er gelernt. Auch die Kälte darf ihm nichts ausmachen. Schließlich ist er Soldat. Ausgebildeter Grenzsoldat. Da knackt es im Gebüsch und Udo fährt herum. Auch Franz hat was gehört und starrt in den Hagebuttenstrauch, der neben der Betonpiste wächst. Die Zweige bewegen sich leicht. Die beiden Soldaten legen ihr Gewehr an und beten. Udos Lippen bewegen sich lautlos, obwohl er nicht an Gott glaubt. „Bitte, lass es ein Tier sein. Bitte ein Tier. Ein Tier. Kein Mensch!" Und tatsächlich flitzt ein Feldhase aus dem Busch und rennt hakenschlagend über die Betonpiste auf die andere Seite. Der Hase kann das. Er darf das. Udo atmet hörbar aus und auch Franz lächelt erleichtert. Nur noch eine Stunde. Dann kommt die Ablösung. Über dem Feld geht die Sonne auf. An den Zweigen glitzert Raureif. Wie schön dieser Morgen ist.

Nach dreiunddreißig Jahren, fast auf den Tag genau, steht Udo wieder an derselben Stelle wie damals. Er hat sich beeilt, um den Sonnenaufgang nicht zu verpassen. Sein Mountainbike lehnt an der Birke hinter ihm und er zückt seine Kamera. Die Spiegelreflexkamera macht bessere Bilder als sein Handy. Er sieht seinen Atem im Morgenlicht und denkt an damals. Und an Franz. Wie es ihm heute wohl geht? Die Grenze gibt es schon lange nicht mehr und auch keine Mauer. An ihrer Stelle befindet sich jetzt der Berliner Mauerweg, den Udo über alles liebt.

Zu jeder Jahreszeit kommt er einmal hierher. Es ist noch nicht acht Uhr und selbst um diese Zeit sind hier schon Menschen. Sie gehen mit dem Hund Gassi, joggen eine Runde vor dem Frühstück oder fahren Rad, so wie er. Dabei ist es ganz egal, ob sie von links nach rechts, von schräg nach quer oder von Ost nach West laufen. Sie können das. Sie dürfen das. Wie die Hasen. Udo lächelt. Über dem Feld geht die Sonne auf. An den Zweigen glitzert Raureif. Er hat kein Gewehr mehr. Aber er schießt Fotos. Viele Fotos. Wie schön dieser Morgen ist.

Berlin, Mai 2020, Thema: Wintermorgen

Ein Hofstaat auf Reisen

Der ganze Hofstaat ist in Aufregung. Der Minister für Innere Angelegenheiten hat entschieden, dass es Zeit für einen Regierungswechsel ist. Seine Untergebenen wagen nicht zu widersprechen und so wird alles dafür getan, Lucretia, die gegenwärtige Königin, ihres Amtes zu entheben, um einer jüngeren Platz zu machen.

Lucretia ist nicht dumm. Sie ahnt was vor sich geht und unternimmt ihrerseits Vorkehrungen, um ihrer Rivalin zu schaden. Sie wartet auf einen günstigen Moment, der sich ihr an einem kühlen Maimorgen bietet und schart alle Untertanen, die gerade keine anderweitigen Verpflichtungen haben, um sich und verkündet: „Ich werde diesem intriganten Volk nicht länger als Oberhaupt dienen und heute noch aufbrechen, um einen besseren Ort zu finden. Dieser Ort wird größer, schöner und voller Blumen sein. Ihr liebt doch Blumen?" Allgemeine Zustimmung erfüllt den Raum.

„Nun denn", spricht Lucretia, „alle hier Versammelten werden mich begleiten! Wir brechen sofort auf." Viele von Lucretias engsten Vertrauten sehen sich verunsichert an, doch als sich die Königin erhebt und davonschwebt, gibt es kein Halten mehr. Das Raunen und Summen schwillt an und jedermann beeilt sich, ihr zu folgen.

Die Kälte macht das Fortkommen beschwerlich, die eifrigsten Bediensteten achten darauf, dass der Hofstaat zusammen und niemand zurückbleibt. Keiner von ihnen kennt das Ziel der Reise. Auch Lucretia nicht. Ihr geht es nur darum, mit so vielen Verbündeten wie möglich den Palast zu verlassen. Soll die Neue doch sehen, wie sie allein klarkommt. Lucretia lächelt und merkt, wie ihre Kräfte schwinden. Sie kann nicht mehr und lässt sich nieder, um auszuruhen. Alle Untertanen tun es ihr gleich. Sie bilden eine dichte Traube und niemand von ihnen weiß, wann und wohin es weitergehen wird.

„Mama, Mama! Schau doch mal, da!" Die kleine Cindy, die mit ihrer Mutter an der Haltestelle auf den Bus wartet, deutet aufgeregt auf den Bordstein. Die Mutter erschrickt und reißt ihre Tochter an der Hand zurück. Vor ihnen auf dem Boden sitzen dicht gedrängt hunderte von Bienen. Ein älterer Mann kommt neugierig näher. „Ein Bienenvolk", sagt er. „Haben Sie ein Handy? Wir müssen einen Imker verständigen." Wenig später telefoniert er und gleichzeitig kommt der Bus. Cindy bettelt, sie will bei den Bienen bleiben. Sie lassen den Bus fahren und passen auf, dass niemand von den Passanten in das Bienenvolk tritt. Es dauert nicht lange, bis ein Imker mit einem Besen und einem Pappkarton eintrifft. Er besprüht die Tiere mit Wasser und fegt Lucretia samt Gefolge vorsichtig in den Karton. Dann schlägt er eine Decke darum und lädt ihn in sein Auto. „Wohin bringen Sie die Bienen?", will Cindy wissen. Der Imker schiebt die Gaze von seinem Gesicht. „An einen Ort, der groß und schön und voller Blumen ist."

Gosen, Mai 2020, Thema: Haltestelle

Abu Salam

Verloren steht Abu auf dem riesigen Parkplatz. In der rechten Hand eine Hacke, in der linken eine Harke. Was soll das, denkt er. Was mache ich hier?

Es ist viel Zeit vergangen, seit er aus dem Sudan nach Deutschland geflüchtet ist. Zwei ganze Jahre, die ihm vorkommen, wie eine halbe Ewigkeit. Eine Irrfahrt zwischen den Instanzen, verschiedenen Unterkünften und Sprachkursen. Papier. Formulare. Anträge. Bestätigungen. Er versteht nicht, wieso hier in diesem Land das Papier so wichtig ist. Aber jetzt, nach vierundzwanzig Monaten hat er sein Ziel erreicht und einen Job bekommen. Diesen Job. Das Gute daran ist, er braucht dabei nicht viel zu sprechen. Denn die deutsche Sprache bereitet ihm noch immer große Schwierigkeiten.

„Ey, Bimbo! Was willst du mit der Hacke?" Ein Typ in Latzhose kommt auf ihn zu. Den hat er schon einmal gesehen. Scheint auch hier zu arbeiten. „Sieh dich doch mal um! Gegen das ganze Unkraut kommst du mit der Hacke nicht an. Da brauchst du einen Trimmer."

Abu lächelt unsicher. Er hat nur Bimbo verstanden. Ob der Typ mit der Latzhose Bimbo heißt? Er deutet auf sich und sagt: „Abu Salam."

„Beten kannst du später", antwortet der Typ. „Mir ist egal womit du das Grünzeug bekämpfst. Wahrscheinlich gibt es dort, wo du herkommst keinen Trimmer. Dann mach's mit der Hacke, aber fang endlich an!" Er deutet auf das Unkraut, das in den zugewucherten Rabatten zwischen den Parkflächen wächst.

Abu hat verstanden und nickt. Er legt die Harke beiseite und beginnt die Erde in der ersten Rabatte zu lockern. Er arbeitet langsam, aber beständig. Als er fünf Meter geschafft hat, bückt er sich und zupft das Unkraut mit der Hand aus der lockeren Erde. Ein Müllsack wäre nicht schlecht. Aber Bimbo ist nicht mehr zu sehen. Abu harkt die Pflanzen zu einem großen Haufen zusammen und schaut suchend über den Parkplatz.

Er sieht, wie die Deutschen mit dem Auto kommen, parken, drei Schritte laufen, sich einen Einkaufswagen nehmen und im Eingang des Supermarktes verschwinden. Nach einer Weile, das hat er schon beobachtet, kommen sie mit einem voll beladenen Wagen wieder. Dessen Inhalt würde bei ihm zu Hause ein ganzes Dorf ernähren. Sie schieben ihn zum Auto, packen alles in den Kofferraum, um dann mit dem Auto wieder weg zu fahren. Abu fragt sich, warum hier alle so bequem sind. Niemand läuft mehr als nötig und vor allem trägt kein Einziger schwere Einkaufstaschen. Dabei würde vielen von ihnen ein wenig mehr Bewegung guttun.

„Hi Abu!" Sein schwarzer Kollege Yilma aus Nigeria kommt auf ihn zu. Als er den Haufen Grünzeug sieht, hält er den Daumen hoch und klopft Abu anerkennend auf die Schulter. Er hat eine Müllkarre dabei, denn sein Job ist es, den Parkplatz sauber zu halten und Abfall zu sammeln. Die Karre ist leer, er scheint sie gerade ausgekippt zu haben. Yilma bückt sich und beginnt das Unkraut mit seinen bloßen Händen in die Karre zu laden. Abu freut sich über die unerwartete Hilfe und packt fleißig mit zu. Die beiden haben den Haufen schnell beseitigt und fahren die volle Karre gemeinsam zum Müllplatz. Abu amüsiert sich über sich selbst. Jetzt schiebt er auch einen Wagen. Genau wie die Deutschen. Nur der Inhalt ist ein anderer.

Gosen, Juli 2020: Zeit, zupfen, grün

In der Kirche

Conny betritt die Kirche an der Hand ihres Vaters. Innen ist es angenehm kühl und dämmrig. Sie setzen sich auf eine der harten Holzbänke und schweigen andächtig. Nach der anstrengenden Wanderung durch die Sommerhitze tut diese Pause gut. Conny weiß, in der Kirche darf nicht laut geredet und auch nicht herumgetobt werden. Sie sieht, wie sich eine alte Frau mit Kopftuch vor dem Altar bekreuzigt und auf die Knie geht. Nach einer ganzen Weile erhebt sie sich, wirft eine Münze in die Box, nimmt eine Kerze, zündet sie an und steckt sie zu den anderen brennenden Kerzen. Conny gefällt die Stimmung, die die brennenden Kerzen verbreiten. Es ist so ruhig und friedlich. Sie möchte ihren Vater fragen, ob sie auch eine Kerze anzünden darf. Doch als sie sich ihm zuwendet, legt er den Finger an den Mund und deutet zur Decke. Conny schaut nach oben und staunt. Die gewölbte Kirchendecke ist bemalt. Es ist, als könne man durch ein Loch im Mauerwerk in den Himmel schauen. Auf weißen Wolken tummeln sich dicke nackte Engel mit Flügeln, einige von ihnen haben Instrumente in der Hand, Männer in langen Gewändern und mit Heiligenschein schauen von der Seite herab und Frauen, nur mit Tüchern bekleidet, scharen sich um einen alten Mann mit weißem Bart. Ob das der liebe Gott ist? Conny sieht, wie versunken ihr Vater in das Bild ist, als wäre er auch mit dort oben. Sie weiß, sobald sie aus der Kirche sind, wird er ihr davon erzählen. Sie freut sich schon auf die Geschichte.

Das ist jetzt mehr als vierzig Jahre her. Cornelia ist wieder in dieser Kirche. Allein. Sie steht im Mittelgang und schaut hinauf zu dem Deckengemälde. Die Figuren dort oben scheinen ihr zuzuwinken und der alte Mann hat eben sehr deutlich gezwinkert. Sie zwinkert zurück. Dann wirft sie eine Münze in die Box vorn am Altar, sucht die schönste Kerze aus, zündet sie an den anderen an und steckt sie in die vordere Reihe. Für ihren Vater.

Thüringen, Juli 2020, Thema: Fresken

Auf dem Glafsfjorden

Ich bin am Ende und kann nicht mehr. Die Sonne brennt und es ist brütend heiß unter der Schwimmweste. Was ist das für ein merkwürdiges Land? Hier gibt es die Pflicht, Schwimmwesten zu tragen, sobald man auf dem Wasser unterwegs ist. Alle halten sich daran, auch wenn der Schweiß in Bächen den Rücken herunterläuft. Aber eine Maskenpflicht in Corona-Zeiten, die gibt es in Schweden nicht. In Bussen, Bahnen oder Supermärkten sieht man nur ganz vereinzelt jemand mit Mund- und Nasenschutz. Niemand hat damit ein Problem. Ich zum Glück auch nicht. Wenn nur diese nervige Schwimmweste nicht wäre. Unsere Tourenbegleiterin Karin ist nur noch ein winziger Punkt am Horizont. Sie paddelt voran und wir sind die letzten. Der See ist endlos. Robert sitzt hinter mir im Kanu, er ist der Steuermann und ich bin – laut Karin – der Motor.

ber wenn der Motor keinen Treibstoff mehr hat, kann sich der Steuermann noch so sehr ins Zeug legen. Er bringt den Kahn allein nicht vorwärts.

War das etwa meine Idee mit diesem Aktivurlaub? Mir tun die Arme weh vom Paddeln, der Hintern vom Sitzen auf dem harten Brett und die Knie, weil die sowieso immer schmerzen und ich nie die richtige Stellung für sie finde. Dazu diese unerträgliche Hitze. Ich nehme das Paddel ins Boot und schöpfe mit meinem Blechnapf Wasser aus dem See. Trinke gierig. Quelle des Lebens. Herrlich. Jeder See ist sauber und glasklar, so dass man daraus trinken kann.

„Machst du schon wieder Pause?", fragt Robert von hinten. „So kommen wir nie an."

Ich knurre etwas Unverständliches und nehme das Paddel wieder auf. Jetzt mal auf der anderen Seite. Wechsel. Robert muss sich mir anpassen. Pech gehabt, Steuermann.

„Wo sind denn die anderen?" Ich recke den Kopf. Vor uns ist niemand mehr zu sehen. Verdammt. Sind die etwa schon da und bauen ihre Zelte auf einer der vielen Inseln auf? Wie wollen wir sie finden?

„Ich habe ja gleich gesagt, es ist besser, bei der Gruppe zu bleiben", schimpft Robert und ich höre es hinter mir plätschern. Er legt sich mächtig ins Zeug, um vorwärts zu kommen. Ich werfe meinen inneren Motor an und versuche ihn mit Restenergie zum Laufen zu bringen. Und eins … und zwei … und drei … bei neun denke ich unwillkürlich an Galeerensklaven.

„Da vorn, auf der Insel, bei elf Uhr, da sind sie!", ruft Robert und keult noch schneller.

Zwanzig Minuten später ziehen wir unser Kanu schweißgebadet auf den Kiesstrand neben die anderen Boote. Auf einem flachen Felsen hat Karin im Trangia-Topf Seewasser erhitzt und ist dabei, Kochkaffee einzurühren. Schnell befreie ich mich von der Schwimmweste, werfe sie ins Boot und hole meinen Blechnapf. Halte ihn ihr hin. Sie füllt ihn mit dampfenden Kaffee. Er duftet. Was für eine Verlockung. Stöhnend lasse ich mich neben ihr auf dem Felsen nieder.

„Wisst ihr, wie diese Insel heißt?", fragt Karin in die Runde.

Wir zucken die Schultern.

„Das ist die Haribo-Insel." Karin holt eine Tüte Haribo aus ihrer wasserdichten Tonne und lässt sie rumgehen. Eigentlich mag ich keine Gummibärchen und Weingummis. Aber heute ... her damit! Ich nehme mir gleich drei und lasse sie genüsslich auf der Zunge zergehen.

Dann lege ich mich bäuchlings auf den runden, ofenwarmen Felsen und halte mich an meinem Kaffeepott fest. Ich schaue auf den See und staune. Wie ruhig es hier ist. Keine Welle, kein Vogel, kein Flugzeug. Still und klar umschließt das Wasser die Insel und auf seiner Oberfläche spiegeln sich die Wolken und unsere bunten Boote. Eine Welle puren Glücks überrollt mich und plötzlich spüre ich eine Veränderung in mir. Neue Kräfte fließen in meine müden Gliedmaßen und die Motivation kehrt zurück. Ich will weiter paddeln. Bis zum Shelter, wo wir unsere Zelte aufbauen

und über dem Feuer gemeinsam das Abend-
essen kochen.

Schweden, August 2020: Quelle, locken, Veränderung,
Spiegel

Der Laden

Ich betrete den Laden und werde wieder zum Kind. Es duftet nach frischem Brot, aber auch nach Kaffee, Gewürzen und Waschpulver. Die Regale sind gefüllt bis unter die Decke mit Dosen, Beuteln, winzigen Schachteln und Schubladen. In ihnen befinden sich Bohnen, Linsen, Reis, Tabak, Kakao, Zucker, Salz und Glasmurmeln. Ich brauche nicht hineinsehen. Ich weiß auch so, was darin ist.

Vor dem Brotregal steht eine freundliche blonde Frau und nickt mir zu. Sie deutet auf eine Reihe von Gläsern, die randvoll gefüllt sind mit Bonbons und Lakritz. Sieht sie mir an, dass ich ein Süßschnabel bin?

Die Tür zur Backstube steht offen. Von dort dringen Schwaden von Kuchenduft in den Laden und mir läuft das Wasser im Mund zusammen. Ich sehe den Bäcker hemdsärmelig und mit weißer Schürze den Teig kneten. Mir wird schwindlig von den Gerüchen. Ich wanke zum Fenster, dort steht ein großes Fass, auf dem ich mich niederlasse, um die vielen Eindrücke zu sortieren.

Die freundliche blonde Frau wird zur resoluten Geschäftsfrau und blafft mich an: „Kannste nich lesen, nicht?" Ich fahre hoch und sehe mir das Fass genauer an. Auf dem Deckel steht: „Nicht zum Sitzen!"

„Da sin Jurken drinne. Jrüne Jurken. Willste eene?" Sie kommt mit der Gurkenzange auf mich zu.

„Nein, danke", stammle ich und gehe zurück zur Tür.

„Nu hau' doch nich jleich ab!" Die Frau und deutet wieder auf die Bonbon-Gläser. „Willst eens kosten? Brauchst nischt zahlen dafür. Hier!"

Sie angelt mit der Gurkenzange eine Zuckerstange aus dem Glas und reicht sie mir. Ich nehme sie und bedanke mich artig.

Da schellt die Türglocke hinter mir und ich zucke zusammen. Ein älteres Ehepaar betritt den Laden. „Grüß Gott", sagen sie und wenden sich an die blonde Frau. Sie hätten in der Zeitung von dem Laden erfahren, sagen sie und wollen alles besichtigen. Zuerst die Backstube.

Die Gerüche sind verschwunden, auch der Bäckermeister ist nicht mehr zu sehen. In den Regalen stehen Bücher, Broschüren und DVD's.

„Kostet sechs Euro Eintritt", sagt die freundliche Frau hinter dem Tresen und kassiert das Geld. Das Paar verschwindet in der Backstube. „Sie dürfen ruhig alle Türen aufmachen", ruft sie ihnen hinterher.

Als wir beide wieder allein sind, lächelt sie mir verschmitzt zu. „Sogar von Bayern kommen die hierher!"

Ich nicke wissend. Das freut mich. Auch ich kaufe eine Eintrittskarte und beginne die Besichtigung im Laden. Türen brauche ich allerdings nicht aufmachen, denn ich kann alles ganz genau vor mir sehen. Wie es damals war, als Vater Strittmatter hier als Bäcker arbeitete und Sohn Erwin seine Liebe zum

Schreiben entdeckte. Ich habe ihn mehrmals gelesen. Den Laden. Alle drei Teile.
Ich arbeite in einem Shopping-Center und wundere mich, wie sich die Zeiten doch ändern.

Bohsdorf, September 2020: Laden, winzig, wanken

Ferien bei Oma

Anni steht an Omas großem Fenster und blickt auf die Elbe. Sie liebt diesen Fluss. Elbkähne, beladen mit Kohle oder Sand, quälen sich stromaufwärts und blasen dicke Rauchwolken in die Luft. Es dauert lange, ehe sie sich auflösen und Anni sieht ihnen dabei zu. Die Schulferien verbringt sie regelmäßig bei ihrer Oma. Da ist es viel schöner, als zu Hause im hektischen Berlin. Obwohl Magdeburg auch nicht gerade ruhig ist. Über die Alte Strombrücke donnert der Verkehr und wenn die Straßenbahn über die Elbe fährt, scheppert es laut und blechern. Aber das ist kein Lärm. Anni findet, es ist Elbmusik. Es gibt auch Elbfarben und Elbgerüche. Wenn sie mit Oma unten bei Petriförder spazieren geht, dann sieht sie Regenbogenfarben auf dem Wasser tanzen. Manchmal auch Schaumkronen. Aus dicken Rohren lassen die Fabriken Abwasser in den Fluss. Diesen ganz speziellen Geruch würde Anni überall wiedererkennen. Das ist ihre Elbe. Ihr Ferienfluss.

„Anni? Kommst du frühstücken?", ruft Oma. Hier in der Einraumwohnung im vierten Stock riecht es nicht nach Elbe. Aus der Küche dringt der Duft von frisch gebrühtem Kaffee und gebratenen Brötchen. Obwohl der Kaffee so herrlich duftet, findet Anni ihn scheußlich bitter. Aber die in der Pfanne gebratenen Brötchen sind wunderbar. An den Rändern leicht verkohlt und in der Mitte vollgesogen mit Butter. Oma hat nämlich keinen Toaster.

Deshalb brät sie die Brötchen in der Pfanne, bis sie knusprig sind.

Dann sitzen sie beide an der Arbeitsplatte in der Küche, schauen auf den Fluss und kauen Marmeladenbrötchen.

„Was machen wir heute?", will Anni wissen.

Oma schmunzelt. Sie hat natürlich schon einen Plan. So wie jeden Tag.

„Wir können mit dem Dampfer zum Schiffshebewerk fahren."

„Au ja!", Anni springt auf. „Aber wir müssen auf den Fahrplan schauen. Die ‚Otto von Guericke' fährt auch dahin. Ich möchte aber mit der ‚Erich-Weinert' fahren, weil man draußen sitzen kann. Ganz oben auf dem Dach. Die ‚Erich-Weinert' ist mein Lieblingsdampfer!"

„Ich weiß, mein Schatz." Oma stellt das Geschirr neben das Spülbecken. „Die ‚Weinert' fährt in einer Stunde. Du hilfst mir abtrocknen und dann geht's los."

Anni schnappt sich das Handtuch und hüpft durch die Küche. So und nicht anders fühlt es sich an. Ihr Ferienglück.

Seitdem sind über dreißig Jahre vergangen. Anni und ihr Mann sind in Magdeburg. Sie haben Theaterkarten für den Abend. Jetzt sitzen sie in der Sonne im Café Petriförder direkt an der Elbe und trinken leckeren Latte Macchiato. Anni schaut auf den Fluss. Ein weißer Dampfer gleitet vorüber. Es ist die ‚Sachsen-Anhalt', natürlich mit Oberdeck. Das Wasser ist von klarer Farbe und ein Angler steht am Ufer. Es scheint wieder Fische zu geben. Keine Schaumkronen mehr. Kein Abwasser.

Der Fluss riecht auch nicht mehr so wie früher. Anni vermisst sie fast, die Elbfarben und Gerüche. Dann zuckt sie zusammen. Über die Alte Strombrücke scheppert die Straßenbahn. Wenigstens das ist geblieben, denkt sie und schaut sehnsuchtsvoll hinüber zum Wohnblock. Die Einraumwohnung in der vierten Etage. Das Glück ihrer Kindheit. Oma. Sie ist nie gegangen. Für immer da. In ihrem Herzen.

Magdeburg, Oktober 2020: Kaffee, Glückshormone, Farben und Brücke

Der Wurzeltroll und das fliegende Kalb

Der Wurzeltroll unter der dicken Eiche fühlt sich gestört. Was ist denn heute mit den Kühen los? Die machen einen Lärm! Sie muhen nicht nur, sie brüllen regelrecht. Der Troll schiebt seinen runzligen Kopf mit den schneeweißen Haaren aus der Borkenhöhle, die er sich für den Winter gebaut hat. Hätte er vielleicht doch einen anderen Platz suchen sollen, wo es weniger laut ist? Schließlich möchte er hier die nächste Zeit schlafen. Möglichst ohne Brüllkühe. Er blinzelt hinüber zur Wiese, wo die Tiere sonst friedlich grasen. Das Sonnenlicht blendet ihn, er ist es nicht gewöhnt. In seiner Höhle herrscht Tag und Nach eine angenehme Dämmerung. Aber der Troll kann erkennen, dass die Kühe sehr unruhig sind. Sie laufen hin und her und mal brüllt eine, dann wieder eine andere und schließlich – so scheint es ihm – brüllen alle im Chor. Er rollt die Augen und krabbelt zwischen den Wurzeln hervor. Da stimmt doch etwas nicht. Peng. Aua! Eine Eichel ist ihm direkt auf die krumme Nase gefallen. Schnell hebt er sie auf und wirft sie in seinen Unterschlupf. Von den Eicheln wird er sich in den kommenden Monaten ernähren. Und wenn er nicht schlafen kann, weil die Kühe so einen Lärm machen, braucht er sehr viel davon. Mit seinen krallenartigen Fingern klaubt er die Früchte zusammen, die er erreichen kann. Dann zuckt er zusammen. Eine braune Kuh steht neben ihm am Zaun, reckt den Kopf in

die Höhe und brüllt wie ein Löwe. Das Eichen-
laub zittert und weitere Früchte fallen dem
Troll vor die Füße und einige auch auf den
Kopf. Jetzt reicht es ihm. Flink klettert er am
Stamm der Eiche empor und setzt sich weit
oben auf einen dicken Ast. Vielleicht kann er
von hier erkennen, was die Kühe für ein Problem haben. Er hält die Hand vor die Augen
und schaut zum Horizont, wo sich Wiese und
Himmel treffen. Genau dort, wie eine Silhou-
ette vor der Sonne, steht ein Kalb außerhalb
der Koppel. Hinter dem Elektrozaun. Wie ist
es nur dahingekommen, überlegt der Troll
und kratzt sich die Nase. Im nächsten Moment sieht er vier Menschen, die über die
Wiese laufen. Drei gehen weiter, eine Frau
sieht das einsame Kalb und läuft zu ihm. Es
hat Angst und rennt weg. Der Troll macht es
sich auf seinem Ast gemütlich. Jetzt wird es
interessant. Denn Menschen sind ziemlich
dumm. Die Frau untersucht den Elektrozaun
und zuckt zurück. Der Troll grinst. Da scheint
Strom zu fließen. Armes Kalb. Dumme Frau.
Sie findet keine Stelle, an der sie den Zaun
öffnen könnte. Schließlich hebt sie den unteren Draht mit Hilfe eines Stocks auf den obe-
ren Draht und zieht ihn durch die Befestigung
am Pfahl. So schafft sie einen kleinen Durch-
schlupf für das Kalb. Dann läuft sie mit dem
Stock auf das Kalb zu, um es zu der Öffnung
zu treiben. Der Troll reckt den Hals. Es wird
immer spannender. Das Kalb galoppiert pa-
nisch davon, auf den Elektrozaun zu, die Frau
fuchtelt mit dem Stock herum, die Kühe brüllen jetzt alle gemeinsam und dann geschieht
es. Das Kalb springt ab und segelt durch die

Luft über den Zaun und landet auf allen Vieren bei seiner Familie. Die Mutterkuh kommt ihm entgegen, stupst es mit dem Maul an und schiebt das Kleine zum Euter. Dort trinkt es lange und gierig. Schlagartig ist die Herde verstummt. Niemand brüllt mehr. Niemand muht. Alle sind zufrieden. Der Troll auch. Er beobachtet noch, wie die Frau mit dem Stock den unteren Draht wieder dahin legt, wo er hingehört und denkt bei sich: ‚Schade, dass die Vorstellung schon zu Ende ist. Aber vielleicht kann ich jetzt ja endlich schlafen.'

Bielatal, November 2020: Horizont, fliegen, weiß

Pedro

Ich habe noch eine Stunde Zeit, bevor ich losmuss. Die könnte ich gut nutzen.

Mails checken? Nein danke.

Lesen? Vielleicht.

Klavier üben? Wäre nötig.

Katze streicheln. Immer.

Müll rausbringen. Leider.

Als ich im Garten stehe und mir die frische Winterluft um die Nase weht, inhaliere ich tief. Die Sonne schafft es heute nicht durch die dunstigen Wolken. Aber ich sehe ihre Umrisse wie mit dem Weichzeichner in den Himmel gemalt. Die Nebelkrähen sitzen auf dem Dachfirst und beobachten mich. Sie wollen Nüsse auf die Straße fallen lassen. Hoffentlich nicht auf unser Auto. Der silbern blinkende Aluschornstein vom Heizraum gegenüber scheint eine neue Turbine zu haben und faucht dicke Dampfwolken in den Himmel. Ich lege den Kopf in den Nacken und stoße auch kleine Dampfwolken aus.

Schade, dass ich gleich ins Büro fahren muss. Ich hätte gern mehr von diesem ersten kalten Wintertag. Da kommt mir eine Idee. Fahren ja. Doch nicht mit dem Auto. Mit dem Fahrrad! Wenn ich mich dick anziehe, macht mir die Kälte nichts aus.

Lesen, Klavier üben und leider auch Katze streicheln müssen bis heute Abend warten. In Windeseile packe ich meine Sachen zusammen, ziehe eine dicke Fleecejacke und Leggins unter, Mütze, Schal, Handschuhe und eine Stirnlampe für den Rückweg. Da wird es dunkel sein im Wald. Ein Hauch von Abenteuerlust streift mich. Vielleicht treffe ich Wildschweine. Die werde ich mit der Fahrradklingel verjagen. Ich verstaue meine Handtasche auf dem Rad und schwinge mich in den Sattel. Fahrradfahren ist fast wie reiten. Aber nur fast. Als Kind habe ich so getan, als ob mein Fahrrad ein Pferd ist. Es war ein Schimmel und hieß Sultan. Ob ich das heute noch kann? Phantasie und Wirklichkeit mischen?

Im Wald gleich hinter Gottesbrück bekomme ich die Chance, es auszuprobieren. Es geht etwas bergan, ich stelle mich in die Pedalen – Steigbügel - und galoppiere an. Oben sage ich schnaufend: „Das haben wir gut gemacht, Pedro." Pedro. Ich grinse. Ab heute heißt mein Rad so wie das Pony Pedro aus meinem Kinderbuch. Das passt. Wir traben – radeln locker weiter. Müssen hin und wieder über Löcher springen und mit viel Mut und Kraft die Autobahn überqueren. Gleich dahinter der Kanal. Er trägt eine dünne Eisdecke und schimmert weiß durch die Kiefern. Ich treibe Pedro an, nicht zu trödeln, wir haben ein Ziel. Auf dem Forstweg vorbei an der Mülldeponie, queren wir die Gleise. Zum Glück ist die Schranke offen. Wir reiten weiter durch die Siedlung und ich verkneife mir, Pedro zu loben. Aber wenig später, als ich durch die Wohnstätten Gottesschutz fahre, kann ich wieder reden mit meinem Fahrrad - äh – Reitpferd. Hier wundert sich niemand darüber. Mir kommt ein älterer Herr entgegen, der in einem Bollerwagen eine Puppe hinter sich herzieht und leise vor sich hinsummt. Wir grüßen uns freundlich, lächeln uns an und setzen unseren Weg fort.

Jetzt nur noch den Holperweg an der Esel-wiese passieren, die Spree überqueren und mit Anlauf im Galopp durch die Sandkuhle kurz vor dem letzten Waldstück. Nur nicht runterfallen. Ruhig, Pedro, ruhig. Immer in der Spur bleiben. Nicht ausbrechen. Ich weiß, Sand magst du nicht.

Zehn Minuten später bin ich im Büro und ziehe mich auf der Personal-Toilette um. Im Spiegel sehe ich mein Gesicht: Die Wangen rot und die Augen strahlend. Ich bin heute doch tatsächlich zur Arbeit geritten!

Mein Arbeitsweg, Dezember 2020: Kälte, rot und mischen

Lichterfahrt

Letzte Woche habe ich Peter als Kundschafter engagiert. Er hat von seinem Balkon einen guten Blick und soll mir mitteilen, wann der perfekte Abend gekommen ist. Ich brauche absolute Windstille.

Heute hat er sich gemeldet, doch ich war noch im Büro. Verpasste Chance? Nein, er simst noch einmal: „Jetzt!"

Ich schaue auf die Uhr. Es ist kurz nach halb sechs und schon dunkel. Das Thermometer zeigt fünf Grad Celsius. Ich bin müde von der Arbeit und überlege. Soll ich mich wirklich bei dieser Kälte dort hinausbegeben? Wer weiß, wann die nächste Gelegenheit kommt. Peter ist ein Kenner. Wenn er sagt: Jetzt, dann meint er jetzt. Von seinem Beobachtungsposten kann er die Wetter- und Windverhältnisse gut einschätzen. Aber allein macht es keinen Spaß. Ob er mitkommt?

Ich rufe ihn an und brauche nicht lange bitten. Er wird vom Kundschafter zum Tourenbegleiter.

Wenig später stehen wir im dunklen, schwarzen Wasser. Unsere Neoprenanzüge liegen eng und kalt auf der Haut. Die Uferlichter blenden. Wir tasten mit den Füßen nach den Steinplatten, die uns vor dem Einsinken schützen. Vorsichtig das Brett ins Wasser schieben. Dann erst einmal auf die Knie, abstoßen und hinausgleiten. Das Paddel fest in der Hand. Endlich trauen wir uns aufzustehen. Es schwankt leicht. Nur nicht reinfallen. Ausbalancieren. Vorwärts. Drei Schläge rechts, drei Schläge links. Peter im Auge behalten. Eine Kollision wäre fatal. Es ist so dunkel, dass ich seine Umrisse kaum erkennen kann. Als wir die Uferzone verlassen, breitet sich das Panorama vor uns aus. Die Häuser mit ihren weihnachtlich geschmückten Balkonen reflektieren sich im Wasser.

Warme und auch kalte Lichter zittern über die Oberfläche. Weihnachtsbäume, Adventssterne, Schneetiere und Zapfenketten schimmern auf dem stillen dunklen Spiegel, über den wir gleiten. Als wenn das nicht schon magisch genug wäre, öffnet sich über uns ein sternenklarer Himmel und verziert das Bild im See mit weißen Tupfen und einer Mondsichel, wie aus dem Märchenbuch. Der Mond schwimmt direkt vor meinem Brett her. Im Einklang mit meinen Paddelschlägen bewegt auch er sich vorwärts. Unter mir. Über mir. Jedes Licht ist doppelt vorhanden. Eine verzauberte Wunderwelt. Eine Welt, die sich nur denen zeigt, die sich trauen, ihre Komfortzone auch mal zu verlassen.

Grünheide, Dezember 2020: Licht, Chance, weiß

Hufe und Kufen

Endlich hat es geschneit. So lange haben wir darauf gewartet. Schnell rufe ich Belinda an, wir verabreden uns und treffen uns gegen Mittag am Stall. Die Shetlandponys Otti und Ottilie spüren unsere Aufregung und scharren mit den Hufen. „Stop!", ruft Belinda. Die schwarz-weiß-gescheckte Ottilie ist ein Prinzesschen mit winzigen Hufen. Wenn sie diese auf der rauen Stallgasse abschleift, kann sie nicht mehr richtig laufen. „Schau mal, was ich für sie gekauft habe!" Strahlend hält Belinda zwei Paar Lederschuhe mit Klettverschluss hoch. Sie sehen aus wie Kleinkinderschuhe zum Laufenlernen. „Die werden ihre Hufe schützen", verkündet meine Freundin und beginnt ihrer Stute die Schuhe anzuziehen. Ich schüttle den Kopf und putze Otti. Was es nicht alles gibt. Pullover für Hunde und Schuhe für Pferde. Otti ist ein Schimmel und schimmert im Winter mehr gelb als weiß. Ich habe Mühe, das dicke Fell so zu bürsten, dass es nicht mehr schmutzig wirkt. Schuhe bekommt Otti nicht. Als wir die Pferde eine halbe Stunde später gezäumt nach draußen führen, klingeln bei Prinzesschen Ottilie kleine Glöckchen am Geschirr. Ich schmunzele. Genau das ist es, was ich an Belinda liebe. Sie wird nie richtig erwachsen werden. Wir holen zwei Schlitten aus dem Schuppen und spannen unsere Ponys davor. Sie lassen es bereitwillig geschehen. Anschließend führen wir sie über die Straße. Dort war schon der Winterdienst aktiv, die

Schlitten kratzen mit den Kufen über den Asphalt. Nur eine kurze Strecke, dann erreichen wir das tief verschneite Feld. Wir setzen uns auf die Schlitten, schnalzen mit der Zunge und berühren die Ponys nur leicht mit den Leinen auf der Kruppe. Schon geht es los. Zuerst im Schritt, später im Trab. Die kleinen Schellen an Ottilies Geschirr klingeln bei jedem Schritt und verbreiten Weihnachtsmusik. „Jingle Bells, Jingle Bells". Wir lachen und quieken, weil uns die Hufe der Pferdchen Schneebälle ins Gesicht schleudern. Im gleichmäßigen unermüdlichen Zweitakt traben die Ponys durch den Schnee und die Landschaft gleitet an uns vorüber. Die Straße mit dem Streufahrzeug, das Klärwerk und später der Wald, der uns tief verschneit empfängt. Die Äste hängen tief unter der weißen Last und es rieselt auf unsere Mützen. Auf dem Rückweg beginne ich zu singen: „Es ist für uns eine Zeit angekommen …" und Belinda stimmt ein: „… übers schneebedeckte Feld, fahren wir, fahren wir – durch die weite weiße Welt."

Das ist jetzt genau acht Jahre her. Die Ponys gibt es nicht mehr. Und leider auch nicht mehr so viel Schnee. Doch eines ist geblieben. Das gemeinsame Lachen und die Erinnerungen an eine schöne Zeit.

Werneuchen, Januar 2021, Thema: Mädels

Der Zaunkönig

Unablässig sucht, sammelt und baut er. Hier ein Stöckchen, dort ein Halm, ein trockenes Blatt – beinahe so groß wie er selbst und ein wenig Moos. Es ist nicht einfach. Niemand hat ihm gezeigt, wie es geht. Im letzten Jahr hat er mit seinen fünf Geschwistern noch selbst im Nest gehockt und den Schnabel groß aufgerissen, wenn die Eltern mit Insekten, Beeren oder Sämereien angeflogen kamen. Nun versucht er, die Stöckchen in der Mauerspalte so zu verankern, dass sie nicht herausrutschen. Das Moos, die Blätter und die trockenen Grashalme benutzt er als Polster. Als er nach stundenlanger Plackerei endlich fertig ist, fliegt er auf die Mauer und plustert sich stolz auf. Triumphierend beginnt er zu singen.

Töne des Glücks und der Freude sprudeln aus seiner kleinen gefiederten Brust. Ein nie gekanntes Verlangen nach einer Gefährtin lässt ihn tirilieren, rufen und locken. Als er kurz pausiert, um Luft zu holen, hört er nicht weit entfernt einen Rivalen singen. Der Ruf des Nebenbuhlers klingt viel eindringlicher, kräftiger und melodischer, als sein eigener. Wahrscheinlich ist der andere älter und erfahrener als er selbst. Die Weibchen werden ihn eher hören. Panik macht sich in ihm breit. Ihm wird klar, dass sein Nest nicht perfekt ist. Schnell fliegt er los, um ein weiteres zu bauen. Ein besseres. Ganz fest und rund mit einem kleinen Loch als Eingang. Er beschließt, sein zweites Nest unter dem Schuppendach nahe der Pferdekoppel zu bauen. Hier ist es vor Regen geschützt. Während er das Geflecht aus Stöckchen herstellt, hört er seinen Kontrahenten rufen. Wie viele Nester der wohl gebaut hat? Er scheint fertig zu sein und ruft lauthals nach seiner Angebeteten. Eile ist geboten. Nur noch die Polsterung, dann kann er selbst ganz nach oben auf den Baum fliegen und seinen Liebesgesang starten. Doch woher jetzt Moos oder Blätter nehmen? Es darf nicht zu lange dauern, weil es bald dunkel wird. Keine Vogeldame würde im Dunkeln seine Nester prüfen wollen. Als er sich unruhig umsieht, fällt sein Blick auf die Pferdekoppel. Dort liegt ein zottiges Pony in der Abendsonne, hat die Schnauze im Sand abgelegt und döst. Der Wind frischt auf, bläst dem Pony durchs Fell und ein paar lose Haare wehen umher. Ein Zeichen. Der kleine Vogel zögert nicht lange. Mutig fliegt er zum Pony und setzt sich auf dessen Kruppe. Das Pferd hebt den Kopf und blinzelt müde. Schnell sammelt er mit dem Schnabel so viel Haare wie möglich ein. Teilweise zupft er sie direkt aus dem Fell. Dem Pony scheint das zu gefallen, es liegt ganz still. Es dauert nicht lange und unser kleiner Freund hat sein festes, rundes Nest unter dem Schuppendach mit kuschlig weichen Pferdehaaren gepolstert. Er schüttelt sein Gefieder, fliegt auf den hohen Baum und beginnt aus voller Kehle zu schmettern. Sein Lied schallt bis hin zum Rivalen. Die Töne werden getragen von Stolz, Verlangen und Liebe. Es schwingt auch Dankbarkeit mit. Aber das hört nur das Pony.

März 2021: Fliegen, triumphieren, Zeichen

Am Werbellinsee

Theodor Fontanes „Wanderungen durch die Mark Brandenburg" stehen bei mir im Bücherregal. Schon immer möchte ich sie lesen, habe nur nie die Zeit dafür gefunden. Neulich kam ein Bericht über Fontane und seine Wanderungen im Fernsehen und ich habe mir eifrig Notizen gemacht, welche Orte sehens- und erkundenswert sind. Dabei fiel uns auf, dass wir dem Werbellinsee noch nicht genügend Aufmerksamkeit geschenkt haben. Zwar waren wir dort mal baden und essen, doch mehr auch nicht. In der Dokumentation wurde berichtet, dass auf dem Grund des Sees an die fünfzig Wracks von Booten liegen, weil der See früher dazu genutzt wurde, Güter aus der Mark nach Berlin zu schiffen. Viele Stellen sind flach und haben Sandbänke und wenn das Wetter stürmisch war, wurde das einigen Schiffern zum Verhängnis. Jetzt gibt es dort eine Tauchbasis, die längst kein Geheimtipp mehr ist. Das merken wir, als wir den See mit dem Fahrrad umrunden wollen. Die Parkplätze sind gefüllt mit Wohnmobilen, Campern und VW-Bussen, vor denen sich breitschultrige Männer in Neoprenanzüge zwängen. In Erwartung einer Traumzeit unter Wasser müssen sie mit den anderen Tauchern die Reihenfolge absprechen, damit es bei den Wracks nicht zum Stau kommt. Zu viele Flossen wirbeln Dreck und Schlamm auf und dann wird die sowieso schon trübe Sicht noch trüber. Wir können darüber nur lächeln, denn wir wollen den See unabhängig von außen erkunden. Erstaunt stellen wir fest, dass auf der Nordseite eine von Motorrädern stark befahrene Landstraße das Seeufer säumt, die der Radweg begleitet. Da diese Straße dem Ufer in schönen Kurven folgt, lassen die starken Jungs in den Lederklamotten ihre Maschinen aufheulen und fahren in Schräglage lautstark im Konvoi am See entlang. Um die Natur zu genießen? Wohl kaum. Etwas genervt erreichen wir schließlich den Ort Wildau im Westen, wo es einen Kanal mit einer Schleuse gibt. Dort tummeln sich Familien, Wanderer, Rad- und Motorradfahrer und andere Ausflügler dicht bei dicht vor einer Imbissbude, um ein Fischbrötchen zu erstehen. Möwen fliegen über die Köpfe der Menschen, kreischen schrill und hoffen, etwas vom Mittagsschmaus abzubekommen.

Die Rückfahrt geht am Südufer über einen befestigten Waldweg vorbei an Yacht- und Segelhäfen. Auf einer sonnigen Bank verzehren wir unsere mitgebrachten Brote und trinken Tee aus Thermosflaschen. Dabei beobachten wir die Leute auf den Bootsstegen. Einige kommen mit teuren Autos daher und balancieren in stylischem ‚Outdoor-Outfit‘ über die schwankenden Bretter zu ihren Schiffen. Andere sitzen bereits auf dem Sonnendeck ihrer Yacht und stoßen mit Sekt an. Oder ist es gar Champagner? Wir fragen uns, warum sie hier am Steg verweilen und nicht mit den Booten unterwegs sind. Vielleicht geht es ihnen mehr um das Sehen und Gesehen werden.

Uns wird bewusst, dass sich der See in den letzten 140 Jahren stark verändert hat. Wir beschließen, noch einmal wiederzukommen. Frühmorgens, gleich bei Sonnenaufgang. Vielleicht werden wir den See dann so erleben, wie ihn Fontane gesehen hat?

Werbellinsee, April 2021: Traumzeit, Luxus, Fahrrad

Corona Camping

Jedes Jahr zu Pfingsten unternehmen Susi und Max eine Radtour. Mit mehreren Stationen, meist an einem Fluss entlang und Übernachtung in kleinen gemütlichen Pensionen. Auch in diesem Jahr wollen sie darauf nicht verzichten. Doch alles hat zu. Beherbergungs- und Bewirtungsverbot. Susi, die für die Tourenplanung zuständig ist, kommt auf eine Idee.

„Wir können uns einen Bulli ausleihen. Ich wollte schon immer mal in so einem VW-Bus übernachten!"

Da Max nichts dagegen hat, surft sie gleich durchs Internet und findet einen Anbieter. Allerdings kostet die Miete dieses Mini-Wohnwagens für drei Nächte fünfhundert Euro zuzüglich des Benzins. Dafür kommt man zu normalen Zeiten ja für eine Woche im Hotel in Ägypten unter. Also weitersuchen. Hausboot? Auch teuer und sowieso nicht erlaubt. Zelten? Campingplätze geschlossen. Wild zelten? Verboten. Susi rauft sich die Haare und tritt vors Haus, um frische Luft zu schnappen. Es kann doch nicht sein, dass sie dieses Jahr zu Pfingsten zu Hause hocken.

Da fällt ihr Blick auf den Dienstwagen von Max, der im Carport steht. Ein VW-Passat. Ziemlich lang. Schnell holt Susi die Schlüssel und legt die hinteren Sitze um.

Als Max gegen Abend aus dem Büro kommt, findet er seine Susi liegend im Auto. Sie hat zwei Isomatten ausgerollt, Schlafsäcke, Kissen und Nackenrollen ausgebreitet und probiert gerade die Schlafstatt aus. Max grinst und legt sich dazu. Sie drehen sich nach rechts, nach links und auf den Bauch.

„Fast wie zelten", sagt Susi.

„Ist das nicht verboten?", fragt Max.

„Nicht, wenn wir erzählen, wir müssen eine Pause von einer anstrengenden Fahrt machen. Wozu hast du den Dienstwagen?"

Mit Feuereifer wird das Pfingstwochenende vorbereitet und gepackt. Ein Kanister mit Frischwasser, Campingkocher, Spiritus, Blechnäpfe, Kühltasche, Dosenfutter und eine Flasche Wein. Ganz zum Schluss kommen die Fahrräder hinten auf den Träger und ab geht die Fahrt. Nicht weit, nur eine Stunde von ihrem Wohnort entfernt, parken sie den Wagen in einem idyllischen Dörfchen und erkunden mit den Fahrrädern die Umgebung. Prüfen Parkmöglichkeiten, Zufahrten, Wegstrecken und schauen sich den See an. Dort treffen sie Angler. Sie stehen mit ihren Autos und Zelten direkt am Seeufer und haben es sich gemütlich gemacht.

„Schönen guten Abend", grüßt Susi. „Habt ihr hier vielleicht noch ein Plätzchen frei?"

„Klar", antwortet ein junger Kerl im Camouflage-Overall und deutet nach rechts. „Wenn ihr uns nicht die Fische wegfangt, könnt ihr dort hinten stehen. Kein Problem."

Wenig später sitzen Susi und Max vor ihrem Auto. Sie sehen die Sonne am anderen Seeufer untergehen, hören den Kuckuck rufen und wärmen Büchsen-Ravioli auf. Als es langsam dunkel wird, entzünden sie eine Kerze, füllen Wein in die Blechnäpfe und stoßen damit an. Ein so romantisches Pfingstwochenende haben sie bisher noch nicht erlebt. Sie lassen sich auch nicht beunruhigen, als am Horizont Donner grollt. Stühle und Tisch werden schnell eingepackt, Kerze und Kocher gelöscht und unterm Auto verstaut.

Sicher aus dem Wageninnern, eingekuschelt in die Schlafsäcke, beobachten Susi und Max, wie Blitze über den See zucken und ihn taghell erleuchten. Was für ein Schauspiel!

„Wie gut, dass wir jetzt nicht im Zelt sind", sagt Susi, als der Regen auf das Autodach prasselt.

Max lacht. „Diese Erfahrung hätten wir sonst nicht gemacht. Danke Corona."

Klein Köris, Juni 2021: Donner und Auto

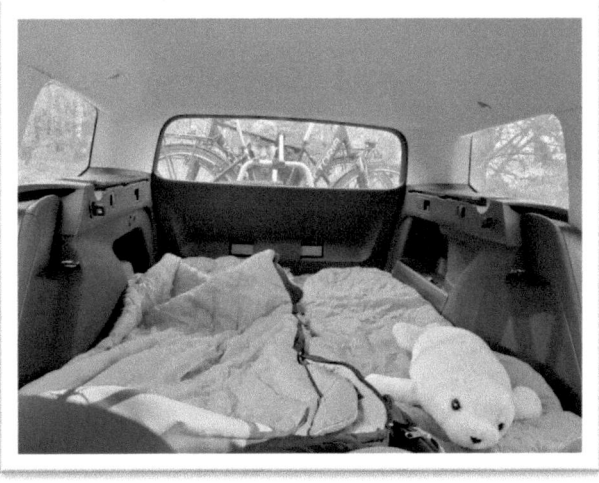

Die Gänsewiese

Wie jedes Jahr treffen sich die Familien auf der Wiese am See. Es ist eine Wiese, die die Menschen, die hier wohnen, liebevoll pflegen und hegen. Sie scheint den Graugänsen besonders gut geeignet zu sein, ihre Jungen groß zu ziehen. Hier wächst saftiges Gras und das Territorium ist gut einsehbar. Doch in diesem Frühjahr gibt es große Aufruhr bei den Gänsen. Sie zetern, kreischen und schnattern alle durcheinander. Niemand von ihnen will glauben, was doch offensichtlich ist.

Graugansmama Edda und Gänsepapa Lobo haben es tatsächlich fertiggebracht, sechzehn Eier auszubrüten. Es ist ein Wunder. Die anderen Tiere schwatzen, tratschen und fachsimpeln.

„So dick ist sie doch gar nicht, unsere Edda", wirft Rola ein. „Sie muss mit ausgebreiteten Flügeln gebrütet haben."

„Vielleicht haben sie die Eier geteilt und zwei Nester gebaut", überlegt Iduna. „Aber wer hat dann das Futter besorgt?"

„Still!", zischt Gandolph. „Da kommen sie."

Das Schnattern verstummt und alle recken die Hälse, um besser sehen zu können. Aus dem Schilf und allen voran watschelt Lobo. Mit stolz geblähtem Brüstl führt er seine Großfamilie auf die Wiese. Die flauschiggrauen Gössel laufen brav im Gänsemarsch hinter ihrem Papa her und fangen erst an zu picken, als er das Zeichen gibt. Edda und er halten aufmerksam Wache und suchen die

Umgebung nach potentiellen Feinden ab. Zwei ihrer Jungen haben sie bereits an den Fuchs verloren. Das darf nicht noch einmal passieren.

Die anderen Graugansfamilien, die sich mit zwei, drei oder maximal sieben Gösseln auf der Wiese befinden, beobachten das Geschehen mit Zurückhaltung. In den meisten Blicken liegt Verwunderung und bei Rola sogar Abneigung. Da hat er sich wieder mal nicht zurückhalten können, der gute Lobo, denkt sie.

Plötzlich wird im Erdgeschoss des großen Wohnhauses eine Terrassentür aufgerissen und ein Mann mit feuerrotem Gesicht stürmt hinaus. Er schwingt einen Stock über seinen Kopf und schreit: „Diese verdammten Viecher! Jedes Jahr kacken sie uns die Wiese voll! Ich habe das so satt. Verschwindet, sonst bekommt ihr eins übergebraten!"

Entsetzt weichen die Graugänse zurück, als der wütende Mann mit dem Stock auf sie losgeht. Sie treiben ihre Jungen ins Schilf und versuchen, sich unsichtbar zu machen. Nur Lobo und Edda tun nichts dergleichen. Während sich Edda schützend vor ihre Gösselschar stellt, setzt Lobo zum Angriff an. Hoch aufgerichtet, mit steilem Hals und schlagenden Flügeln rennt er auf den Störenfried zu und faucht, so laut er kann. Der Mann lässt den Stock fallen und gibt Fersengeld.

„Mistviecher!", raunzt er noch, bevor er die Terrassentür erreicht und verschwindet.

Nach und nach kommen die anderen aus der Deckung und fangen wieder an zu picken und zu zupfen. Sie tun, als sei nichts gewesen.

Nur Gandolph, der nicht als Feigling dastehen will, wagt sich bis zur Terrasse des Mannes. Dort hebt er seinen weißen Schwanzburzel und spritzt eine dicke grüne Gänsewurst neben den Kasten mit den blühenden Geranien.

Grünheide, Juni 2021: Tier meiner Wahl

Tag der offenen Tür

Endlich ist es soweit. Viele Menschen werden kommen und ihn bewundern. Seine Kollegen stehen neben ihm, auch sie sind bereit. Es fehlt nur noch das Material. Wo ist das Material? Die Besucher warten draußen in einer endlosen Schlange. Musik hämmert dumpf von außen gegen die Werkhalle. Ein Stampfen und Dröhnen. Die Wartenden sollen eingestimmt werden auf das, was hoffentlich gleich beginnt. Aber noch ist hier drinnen alles still. Die Halle ist blitzsauber, die Verkehrswege sind gut gekennzeichnet, Gefahrenzonen abgesperrt und jede der Fertigungsstrecken ist mit übermannsgroßen Hinweisschildern versehen. Werbeträchtige Fotos, die neusten Technologien und der Text in Deutsch und Englisch. Gut ausgebildete Mitarbeiter mit Sprachbegabung und technischem Knowhow stehen bereit, um den Gästen Fragen zu beantworten. Wann geht es endlich los? Er möchte zeigen, was er kann. Die Teile nehmen und stanzen. Das ist sein Fachgebiet. Doch wo bleiben sie nur, die Teile? Ohne sie kann er nicht arbeiten.

Ein Vorarbeiter schreitet die Reihe ab und mustert ihn und seine Kollegen. Nickt zufrieden und öffnet den Schaltschrank. Eine Tastenkombination auf dem Display und die Taktstrecke setzt sich in Bewegung. Gleichzeitig öffnen sich die Werktore und Menschenmassen strömen herein.

Wo zum Teufel sind die Teile? ‚Es fehlt Material!‘, möchte er schreien. Doch er kann nicht.

Tatsächlich ist das Dröhnen der Maschinen jetzt lauter, als die Musik vor der Halle. Ein Ruck fährt durch ihn und seine Kollegen. Sie alle beginnen sich gleichzeitig zu bewegen. Tun so, als ob sie arbeiten. Greifen Teile, die nicht da sind. Stanzen Löcher in die Luft. Es zischt und vibriert. Fertig! Er gibt ein Teil, das nicht da ist, zum Weiterverarbeiten an seinen Nachbarn. Der übernimmt es beflissen und setzt die Klebepunkte. Millimetergenau. Irgendwo in die Luft. Wunderbar! Dieses Zusammenspiel. So hat er sich das vorgestellt. Es ist seine Bestimmung. Schnell das nächste Teil greifen. Unsichtbar, aber passgenau. Präzise die Stanzung. Eindrucksvoll das Zischen der Hydraulik.

Inzwischen stehen die ersten Besucher vor der Absperrung und bestaunen die Taktstrecke. Filmen mit ihren Handys und machen Selfies vor ihm. Lesen die Hinweistafel und tauschen sich aus. Ihre Augen glänzen. Ein kleiner Junge ruft: „Mama, was machen die da? Wo sind die Autos?" Seine Mutter hockt sich vor ihn und zeigt mit dem Finger auf ihn und seine Kollegen. „Das da, Timmi, das ist ein Roboter-Ballett. Die Autos kommen später. Wenn hier produziert wird. Heute zeigen sie uns nur, wie es geht."

Er hört es und ist stolz dazuzugehören. Zum Roboter-Ballett von Tesla. Die Teile sind nicht wichtig. Sie kommen später.

Grünheide, September 2021, Thema: Business

Der Tiergarten des Königs

Königs Wusterhausen ist der Geburtsort meines Mannes und Wohnort der Schwiegermutter. Deshalb kennen wir die Stadt und ihre Umgebung sehr gut. Dachten wir. Bis ich im Internet einen Bericht über den Skulpturenpfad im Tiergarten in Königs Wusterhausen fand. Ein Tiergarten mit Skulpturen? Selbst mein Mann hat noch nie davon gehört. Obwohl es am Wochenende regnet, fahren wir über die Dörfer zum Jagdschloss Königs Wusterhausen, ausgestattet mit dicken Jacken, Schirmen und heißem Tee. Wir müssen nicht lange suchen und finden den Einstieg zum Skulpturenpfad. Dort begrüßt uns der Hofgelehrte Grundling, Mitglied des Tabakkollegiums von Friedrich Wilhelm I., geschnitzt aus Holz, von einem ortsansässigen Kettensägenkünstler. Eine Hinweistafel erzählt uns auf unterhaltsame Art von diesem Tabakskollegium und den Possen, die der Soldatenkönig mit Grundling getrieben hat. Die Holzfigur raucht eine lange Pfeife, an deren Pfeifenkopf ein Spaßvogel eine Christbaumkugel angehängt hat. Neugierig gehen wir weiter und treffen bald auf den königlichen Jagdbläser, ebenfalls aus Holz, mit dem Horn am Mund und einer Horde Wildschweinen zu seinen Füßen. Hier erfahren wir, dass in diesem Wald zu Zeiten des Königs Dammwild und Wildscheine und sogar Fasane in Gehegen gehalten wurden. Die Bauern und Kossäten mussten sich um diese Tiere kümmern. Wenn der König mit seinem dicken

Bauch zur Jagd ritt, wollte und konnte er sich nicht so schnell bewegen. Deshalb wurden die Gehege geöffnet und das Wild dem König direkt vor die Flinte getrieben. So erklärt sich der Name Tiergarten. Wir haben das Vergnügen, noch viele holzgeschnitzte Kunstwerke zu bestaunen, die uns von längst vergangenen Zeiten berichteten, lustige Anekdoten und überlieferte Geschichten erzählen. Auf diese Art und Weise wird Geschichte erlebbar. Wie durch ein Wunder hört auch der Regen auf, so dass wir unseren Tee vor einem übergroßen Husarenreiter mit ein paar Sonnenstrahlen zu uns nehmen können.

Königs Wusterhausen, Februar 2022: Christbaumschmuck und Holz

Der Wohnwagen

Auf dem Parkplatz in der großen Stadt steht ein Wohnwagen.

Gerda ist er seit Monaten ein Dorn im Auge. Seine ursprünglich grüne Farbe ist ausgeblichen und an vielen Stellen übergetüncht. Wahrscheinlich wurden dort Beulen ausgebessert, er sieht von außen aus wie ein Flickenteppich. Von ihrem Fenster schaut Gerda direkt auf den Parkplatz und hat noch nie jemanden im oder am Wohnwagen bemerkt. Diese Schrottkiste scheint jemand abgestellt zu haben und nun rottet sie vor sich hin. Bevor Gerda sich mit ihrem Trolley zum Supermarkt begibt, macht sie einen Abstecher zum Parkplatz. Sie muss ihren schmerzenden Rücken krümmen, um das Nummernschild zu erkennen. Es ist ein ausländisches Kennzeichen, nur Buchstaben und Zahlen, ohne Hinweis auf das Land, aus dem er kommt. Auch findet sie keine TÜV-Plakette oder ähnliches. Sie wird diesen Wagen bei der Polizeidienststelle melden. Sicherheitshalber klopft sie an die kleine Eingangstür und als niemand antwortet, klinkt sie. Die Tür ist nicht verschlossen. Sie quietscht leise in den Angeln und ein muffiger Geruch schlägt ihr entgegen. Gerda sieht ein ungemachtes Bett, auf dem Tisch steht benutztes Geschirr und ein halbvolles Nutella-Glas. Die Vorhänge sind zugezogen, alles sieht schmutzig aus. An den Wänden hängen halb abgerissene Zirkusplakate. Vielleicht haust hier ein Penner. Ein Krimineller. Ein Obdachloser? Gerda schaudert es. Sie macht Fotos mit ihrem Handy und wird sofort zur Polizei gehen.

Auf dem Parkplatz in der großen Stadt steht ein Wohnwagen.

Cleo schaut von ihrem Zimmer direkt auf den Parkplatz und beobachtet seit Tagen diesen merkwürdigen grünen Wohnwagen. Er ist nicht einfach nur grün. An vielen Stellen ist er in anderen Farben bemalt und leuchtet bunt wie ein Regenbogen. Manchmal schleicht eine gefleckte Katze um ihn herum und verschwindet wieder. Am Nachmittag, nachdem sie ihre Hausaufgaben erledigt hat, darf Cleo auf den Spielplatz. Der ist gleich neben dem Parkplatz und Cleo macht einen Abstecher zum Wohnwagen. Vielleicht trifft sie die gefleckte Katze und kann sie streicheln. Die Katze ist nicht zu sehen. Niemand ist zu sehen. Mit klopfendem Herzen fasst Cleo an die Klinke der kleinen Eingangstür. Sie öffnet sich und macht Musik. Feine hohe Töne. Feenmusik. Im Inneren des Wagens ist es schummrig und geheimnisvoll. Die Vorhänge sind zugezogen. Cleo sieht ein gemütliches Bett mit vielen Kuscheldecken, Kissen und sogar einem großen Stofftiger. Auf dem Tisch steht ein halbvolles Nutella-Glas, daneben eine Tasse und ein Teller, als hätte dort gerade jemand gegessen. Es riecht nach Erde, Regen und Abenteuer. Sie klettert in den Wohnwagen und schaut sich die Plakate an den Wänden an. Es sind Zirkusplakate. Ein lachender Clown, ein Löwe, der durch einen Reifen springt und ein Pferd hoch aufgebäumt auf den Hinterbeinen. Das gefällt Cleo am besten. Plötzlich miaut es leise. Die gefleckte Katze streicht um ihre Beine. Cleo hockt sich hin und fährt mit den Fingern durch das weiche Fell. Vielleicht wohnt hier eine Zirkusprinzessin? Oder ein Zauberer. Wahrscheinlich aber ist es der Clown. Der lacht sie von fast allen Plakaten an. Cleo würde ihn gern einmal treffen und sich erzählen lassen, wie es war. Sein Leben im Zirkus.

März 2022, Thema: "Die Welt reduziert sich auf einen kleinen Caravan. Es muss alles hineinpassen, wenn die Reise beginnt. Und es passt alles, denn Fantasie und Poesie sind grenzenlos, stören sich nicht an Räumen."*

*Aus der Werbung von Cirque Bouffon

Kirschen und Lieder

Es gibt in unserer Nähe ein winziges Dorf mit Namen Werder. Sein Namensvetter in der Nähe von Potsdam feiert jedes Jahr in großem Stil das Fest der Baumblüte. Wahrscheinlich hat sich unser kleines Werder gedacht, das will ich auch. Ich nehme an, engagierte Dorfbewohner haben daraufhin den Feldweg mit den uralten Apfelbäumen etwas aufgepeppt und in die Lücken Kirschbäume gepflanzt. Verschiedene Sorten, helle und dunkle, süß, sauer oder saftig, warten hier von Ende Mai bis Ende Juli auf die Verkostung.

Bewaffnet mit Körben und einer kleinen Leiter fahren auch wir in diesem Jahr nach Werder und holpern den staubigen Feldweg entlang, wo wir Schwärme von Staren aufscheuchen. Leider finden wir nur noch Reste von Sauerkirschen und einige wenige – ziemlich klebrige – Süßkirschen. Alle madig.

Enttäuscht packen wir unsere Sachen ins Auto und entschließen uns zu einem Spaziergang durch die Felder. Reife Ähren wiegen sich im Sommerwind und am Wegrand blühen Kornblumen, Margariten und Mohn, die uns schnell entschädigen. Am Ortseingang von Werder steht ein großer Feldstein, auf dem eine Tafel mit einem QR-Code und dem Text von: „Die Gedanken sind frei" angebracht ist. Wir erfahren, dass von Rehfelde über Zinndorf nach Werder ein deutsch-polnischer Liederweg führt, den man singend erwandern kann. Entlang des fünfzehn

Kilometer langen Wegenetzes stehen Granite, Robinienstämme und Feldsteine mit Liedtafeln mit sechsunddreißig deutschen und neun polnischen Volksliedern, die den Wanderer zum fröhlichen Gesang einladen. Begeistert von dieser Idee beginnen wir sofort lauthals „Die Gedanken sind frei" zu schmettern und schämen uns auch nicht, als ein Bauer auf einem klappernden Pick-up vorüberfährt und grinst. Auf der Suche nach weiteren Tafeln stoßen wir noch auf „Heute wollen wir das Ränzlein schnüren" und „Wenn ich ein Vöglein wär", sowie auf zwei polnische Lieder, wo wir allerdings in arge Textschwierigkeiten geraten.

Während ich mein Erleben mit den Kirschen und den Liedern in die Tasten hämmere, beschließe ich, sobald wie möglich nach Werder zurückzukehren, um auch noch die anderen Tafeln zu finden und sie – soweit möglich – alle durchzusingen.

Werder bei Zinndorf, Juli 2022: Kirsche und Tasten

Schwimmen mit Shaft

Du folgst mir. Bist froh, dass ich vorangehe und du nur hinterher zu trotten brauchst. Es ist heiß heute. Im Wald ist es schattig, doch die Mücken machen uns zu schaffen. Besonders dir. Du schlägst mit dem Schweif und stampfst mit den Hufen. Doch das hilft nicht viel. Ich tätschle deinen Hals und suche unter deinem Bauch nach der Bremse, nach der du schlägst. Nichts zu sehen. Ich breche einen Zweig und entferne die Blätter bis auf einen grünen Puschel ganz am Ende. Damit versuche ich, dir die Viecher vom Leib zu halten. Du bist dankbar und stupst mich mit deiner weichen Nase an.

Ein schrilles Wiehern tönt durch den Wald. Es ist dein Kumpel Dino, der dort hinten an der Ecke auf uns wartet. Gemeinsam mit Justi und ihm wollen wir baden gehen. Mehr kann man bei dreißig Grad nicht machen.

Wir laufen zu viert zum See. Vorne weg zwei Menschenfrauen, unablässig schnatternd und lachend und hinterdrein ihr beide. Zwei prachtvolle Pferdebuben, genervt von der Hitze und dem fliegenden Getier. Da vorn schimmert schon der See zwischen den Bäumen. Ein Waldsee mit flachem, glasklarem Wasser. Am Wochenende sind seine Ufer überfüllt von badelustigen Berlinern. Heute am Montag sind wir ganz allein und finden unsere Lichtung. Ich ziehe meine Schuhe aus und schon stehen wir im kühlen Nass. Zwölf Beine nebeneinander. Du fängst sofort an, mit deiner Schnauze im See zu wühlen.

Gräbst das Wasser um, prustest und schnaufst. Dann wirst du still und trinkst. Deine Ohren wackeln leicht dabei und deine Kehle schluckt gierig. Als du genug hast, fängst du an, mit deinem Vorderbein zu spritzen. Glitzernde Tropfen funkeln im Sonnenlicht. Du planschst wie ein übermütiges Fohlen.

Dino steht bewegungslos wie eine Statue nur ein paar Meter abseits von uns. Justi beginnt, ihm mit der Hand Wasser über den Rücken zu schaufeln. Dino ist das nicht geheuer. Vielleicht hat er Angst und erinnert sich an die Zeit, als er den See noch für ein großes funkelndes Ungeheuer hielt.

Du aber hast Spaß, ziehst an der Leine und willst tiefer ins Wasser. Warum nicht? Ich folge dir und beginne zu schwimmen. Achte darauf, dass ich immer noch Grund habe, um nicht die Kontrolle zu verlieren. Dann senkst du deinen Körper, die Wellen schlagen über deinem Rücken zusammen und auf einmal schwimmst du neben mir. Ich sehe deinen Hals und den Kopf aus dem Wasser ragen und spüre, wie du mit allen vier Beinen paddelst. In deinen großen dunklen Augen lese ich, wie sehr es dir gefällt. Ich schwimme dicht neben dir, fasse in deine schwarze Mähne, die von ersten Silberstreifen durchzogen ist. Genau wie meine.

Nun traut sich Dino auch. Er schwimmt mit hochgerecktem Kopf immer im Kreis um Justi. Wir planschen und spritzen und fühlen uns so jung, wie schon lange nicht mehr.

Am Störitzsee, Juli 2022: Schwimmen, Silberstreif, Ecke

Im Regenland

Norwegen ist eigenartig. Zwei lange Corona-Jahre haben wir darauf gewartet, endlich dieses Land und seine Naturwunder zu erleben. Nun stehen wir an Deck der Autofähre, die uns über den Naerøyfjord bringt, der als schönster Fjord Norwegens bekannt ist. Der Himmel hängt so tief, dass die Wolken fast die Wasseroberfläche berühren, und es ist kalt. Bibberkalt. Heftiger Regen peitscht uns ins Gesicht, wenn wir in Fahrtrichtung über die Reling schauen. Es prickelt auf der Haut. Wir haben uns vor der Fahrt am Hafen schnell noch Regencapes mit einem Aufdruck der norwegischen Flagge gekauft, in die wir uns jetzt hüllen. Trotzdem suchen wir schon bald Schutz unter einem kleinen Unterstand an der Brücke, wo der Kapitän über uns im Trockenen sitzt. So haben wir uns den schönsten Fjord dieses Landes nicht vorgestellt. Ich ziehe die Kapuze enger, damit sie mir der Wind nicht vom Kopf bläst. Durch den Nebel sehen wir verschwommen die Umrisse der hohen Berge. Da! Ein Loch im Wolkenteppich gibt den Blick auf einen imposanten Wasserfall frei, der von ganz oben bis ins Tal rauscht. Daneben noch einer. Überall rinnen Wasserläufe über die Schneisen der bewaldeten Hänge und es ist, als bestünde dieses Land zu achtzig Prozent aus Wasser. Grünlich unter dem Kiel der Fähre, eisig prickelnd aus den grauen Wolken und rauschend, rinnend in den Bergen.

Vor wenigen Tagen klagten wir noch über die Dürre in Deutschland, die Waldbrände, die vertrockneten Felder und Gärten. Nun sind wir – nach nur neunzig Flugminuten – im tiefgrünen Regenland unterwegs und atmen die schwere feuchte Luft. Schon hat sich die Lücke in den Wolken wie ein Vorhang geschlossen und wabernder Nebel umgibt uns. Überall, wohin wir schauen, mystische Leere. Wir würden uns nicht wundern, wenn Elfen und Trolle über unseren Köpfen zu tanzen beginnen. Mutig gehe ich durch den Regen ganz nach vorn zum Bug. Wie im Film „Titanic" breite ich die Arme aus – die sich mit dem Cape wie Flügel erheben - und rufe: „Norwegen wir kommen! Danke für die magische Begrüßung!"

Norwegen, September 2022: Leere, kalt und rinnen

Veränderungen

Ein Sonderangebot für eine Übernachtung in Altenau im Harz bringt uns auf die Idee, diese Region zu erkunden. So fahren wir bei bestem Herbstwetter knapp drei Stunden mit dem Auto in Richtung Westen. Die Strecke führt uns direkt über den Brocken, der auf eine sehr bewegte Geschichte zurückblicken kann. Hier verlief achtundzwanzig Jahre lang die innerdeutsche Grenze. Doch heute wollen wir einfach nur wandern. Verwundert schaue ich aus dem Autofenster. Was ist denn mit den Bäumen passiert? Wohin man auch sieht, es gibt nur kahle Fichten. Wie nackte Gerippe stehen sie in Grüppchen beieinander und scheinen sich gegenseitig zu stützen. Viele Flächen sind bereits gerodet. Dort weisen Baumstümpfe und Holzaufschichtungen darauf hin, dass es hier einmal dichten grünen Nadelwald gab. Fassungslos parken wir das Auto und beginnen unsere Wanderung. Soll wirklich der kleine Borkenkäfer am Tod des ganzen Harzwaldes schuld sein? Obwohl die Sonne scheint und der Himmel strahlend blau ist, bedrücken uns die kahlen Bäume zu beiden Seiten des Weges. Wir freuen uns über jede Birke, die uns ihre gelben Blätter entgegenstreckt und zu sagen scheint: Seht her, ich bin nicht betroffen. Bei einer Picknick-Bank stoßen wir auf eine Tafel, wo sich unsere Vermutung bestätigt. Schwere Stürme haben die Bäume geschwächt und ihre Wurzeln gelockert, so dass der Borkenkäfer bei einer Hitzewelle im Jahr 2018 leichtes Spiel hatte und sich durch die klimatischen Bedingungen erbarmungslos vermehren konnte. Seitdem kämpfen die Forstarbeiter gegen die Ausbreitung des Schädlings. Erfolglos. Es bleibt nichts anderes übrig, als den Wald zu roden und neu aufzuforsten, als Mischwald. Das wird noch Jahre dauern.

Traurig packen wir unsere Wurstbrote aus und entdecken dabei, dass wir auf einer ganz besonderen Bank sitzen. Ihre Rückenlehne besteht aus einem geschnitzten Mann und einer geschnitzten Frau, die eng beieinander über das kahle Land sehen.

Wir tun es ihnen gleich und fühlen uns tatsächlich etwas besser. Als wir unseren Weg fortsetzen, treffen wir auf weitere Bänke, von denen jede ein geschnitztes Kunstwerk ist. Ob mit Herzchen in der Lehne, Treppchen in Richtung Himmel, zwei Figuren mit ausgeschnittenen Gesichtern für das Fotoshooting oder ganz zum Schluss einem Zweierthron mit einer Krone oben drauf – es geht unverkennbar um die Liebe. Wie wir später erfahren, befinden wir uns auf dem preisgekrönten Liebesbankweg durch den Harz und Niedersachsen. Dort kann man für jedes Hochzeitsjahr die passende Bank finden und alle sind sie einmalig, originell und romantisch.

Wir setzen uns auf die Silberhochzeitsbank und schauen in den Himmel. Eine Gruppe Kraniche fliegt schreiend über uns hinweg. ‚Wieso sind die im November noch hier?‘, fragen wir uns. Es sind doch Zugvögel! Die schrillen Laute der Tiere scheinen uns zu antworten: ‚Die Welt verändert sich und wir passen uns an.‘

Ja, denke ich. Genau das tun wir auch gerade.

Im Harz, November 2022: Nackt, Kraniche, Laute

Weihnachtsmarkt

Der Weihnachtsmarkt in unserem kleinen Ort ist gut besucht. Ich stehe hinter einem kleinen Holzstand, den ich mir mit einem jungen Mädel teile, das illuminierte Ballons anbietet. Keine Luftballons, so wie wir das von früher kennen, sondern durchsichtige Ballons, die an einem Stab befestigt sind. An dem Stab ist ein Schalter und wenn man den drückt, leuchten an den Ballons viele bunte sternenförmige Lichter. Als es dunkel wird, kommen die Familien zu unserem Stand und kaufen die Ballons für zehn Euro das Stück. Ganz schön viel für einen Ballon. Doch das scheint die Mamas, Papas und Großeltern nicht zu stören. Die Kinder wünschen sich so eine Leuchtkugel, also bekommen sie eine. Ich stehe daneben und preise meine Bücher an. Eigentlich preise ich nicht, ich warte hinter dem Stand und die Bücher liegen vor mir. Es ist kalt. Ich trete von einem Bein aufs andere und merke recht schnell: Ich bin kein Marktmensch. Kein Verkäufer. Und schon gar kein Hinterher-Renner oder Anquatscher. Mir ist klar, so wird das nichts mit dem großen Geschäft, nicht mal mit einem kleinen. Zum Glück ist der Stand kostenlos. Ich friere, obwohl ich dick angezogen bin. Meine Freundin kommt vorbei und spendiert mir einen weißen Glückwein. Er ist sehr süß, aber ich genieße die heiße Flüssigkeit, die mich ein wenig von Innen wärmt. Leider ist der Mann meiner Freundin sehr krank und ich versuche, sie zu trösten. Sie ist sehr tapfer. Ich umarme sie und verspreche, für sie da zu sein. Dann bin ich wieder allein mit meinen Büchern. Fühle mich fehl am Platz. Ab und zu betrachtet jemand meine Auslage, aber statt ihn anzusprechen, schweige ich. Zähle die Ballons, die verkauft werden. Das Mädel kommt kaum hinterher und muss neue aufpusten. Einige platzen, weil es zu kalt ist. Vor uns steht eine Gruppe russisch sprechender Frauen und Kinder. Denen brauche ich auch kein Buch anzubieten. Aber Ballons wollen sie haben. Gleich fünf Stück auf einmal.

Wenig später packe ich deprimiert zusammen und gehe hinüber zum Netz-Werk-Laden, wo ich um 17 Uhr aus dem Buch lesen soll. Die Lesung wird auf dem Weihnachtsmarkt mit dem Mikrofon angekündigt und ich bin guter Dinge. Doch kurz vor fünf haben sich im Laden nur Christine, die Inhaberin, ihr Mann, mein Mann und zwei Frauen aus der Nachbarschaft eingefunden. Wir rutschen zusammen, setzen uns alle um den großen Tisch, als sich die Tür öffnet und einen Schwall Kälte zusammen mit meiner Freundin hineinweht. Sie kann etwas Ablenkung gebrauchen.

Christine bietet Kaffee und Lebkuchen an, ich öffne meine Zauberlampe, ein Holzbuch, dessen Seiten beim Öffnen zu leuchten beginnen. Alle staunen. Vielleicht hätte ich diese Leuchtbücher lieber auf dem Weihnachtsmarkt anbieten sollen? Dann erzähle ich meinen sechs Zuhörern, auf welche besondere Art und Weise meine Minutengeschichten entstanden sind, und beginne mit dem Lesen. Abgesehen von meiner Stimme ist es ganz ruhig im Laden. Von außen dringt leise

Weihnachtsmusik durch die Schaufenster und überall brennen Kerzen. Auch auf unserem Tisch. Es ist gemütlich. Ich lese laut und langsam. Verstelle die Stimme. Mache Pausen. Das ist sehr wirkungsvoll, wie ich feststelle, als ich vom Buch aufsehe. Die Leute kleben an meinen Lippen. Wollen wissen, wie es weiter geht. Ich fahre fort und spüre, wie mir das Vorlesen meiner eigenen Texte Spaß macht. Auch die Zuhörer scheinen Freude zu haben, denn sie wollen mehr hören. Mir wird schnell klar: Verkaufen kann ich nicht. Aber Lesen klappt gut. Ich fühle mich wohl, bin locker und künde die einzelnen Geschichten an, wie das Interpreten mit ihren Liedern auf der Bühne tun. Hinterher kommen wir ins Gespräch. Diskutieren. Tauschen Erfahrungen aus. Finden Gemeinsamkeiten. Am Ende gibt es sogar noch eine Zugabe und drei der Gäste kaufen ein Buch. Ich signiere mit ruhiger Hand. Stolz.

Grünheide, Dezember 2022: Licht, Pause und süß

Doktor Natur

Einfach weglaufen. Loslaufen.
Nicht umsehen. Nicht nachdenken.
Immer voran. Schritt für Schritt.
Den Stress hinter dir lassen. Durchatmen.
Unter dem Blätterdach der Bäume.
Kienäpfel. Vogelstimmen. Ameisen.
Das Knacken trockener Äste.
Du löst dein Halstuch und schwenkst es im Wind.
Werden sie dich zu Hause vermissen?
Dein Handy ist aus. Du gehst schneller.
Dort vorn eine Lichtung.
Schmetterlinge spielen mit Sonnenstrahlen.
Löwenzahn, Wiesenschaumkraut und Scharf-garbe.
Bunte Tupfen überall.
Du legst dich ins Gras. Schließt die Augen.
Hörst Insekten brummen.
Wildblumenduft in der Nase.
Und du weißt plötzlich:
Wenn du zurückgehst
Wirst du entschleunigen.
So wie jetzt.

Am Oder-Spree-Kanal, Mai 2023: Wiesenschaumkraut, Tuch und laufen

Fohlennasen

Wie ihr sicher schon bemerkt habt, mag ich es, in pechschwarzer Nacht unter dem Sternenhimmel zu liegen und zu staunen. Umso schöner, wenn keine Stadt, keine Häuser und keine Straßenlaternen in der Nähe sind, um dieses Vergnügen zu stören. Genau damit wirbt der Sternenpark im Westhavelland. Mein Mann Robert und ich informieren uns ausführlich auf der Webseite und warten auf ein wolkenloses Wochenende mit Neumond. Denn selbst der Mond würde die Sicht auf die Sterne stören. Mitte Mai ist es soweit. Wir buchen ein Gästezimmer im Internat Schloss Spiegelberg und fahren los. Ich habe keine Ahnung, dass das Internat zum Landgestüt Neustadt an der Dosse gehört. Bei unserer Ankunft suchen wir die Rezeption und stolpern in den Fluren über Reitstiefel und Sättel. Überall riecht es nach Pferden und an den Wänden hängen Fotografien von Turnieren und Wettkämpfen. Was für ein Glück für mich als Hobbyreiter und Pferdefan. Wir beziehen ein Zimmer mit Blick in den kleinen gepflegten Schlosspark und bewundern den Speisesaal im alt ehrwürdigen Ambiente mit großer Freitreppe ins Grüne. Bis zum Einbruch der Dunkelheit ist noch Zeit, so dass wir uns für einen Spaziergang entscheiden. Ein malerischer Weg am Flussufer der Dosse geleitet uns vorbei an großzügigen Weideflächen bis in den Hof des Landgestüts. Auch hier handelt es sich um eine schlossähnliche Anlage mit alten herrschaftlichen Gebäuden.

Eine Schautafel verrät mir, dass Friedrich Wilhelm II. hier schon 1788 zwei Gestütsanlagen zur Zucht von Kavallerie- und Hofpferden errichten ließ. Ich bin noch nicht fertig mit Lesen, als ich bemerke, dass ich allein auf dem Gestütsplatz stehe. Robert ist verschwunden. Verwundert beginne ich, ihn zu suchen und finde schließlich eine offenstehende Flügeltür in einem Seitengebäude. Dort treffe ich Robert mit einer jungen Frau in Reithosen, die auch mich freundlich begrüßt. Sie heißt Lisa, ist Bereiterin und fragt uns, ob wir die Mutterstuten sehen wollen. Wenig später stehen wir zu dritt zwischen braunen, dunklen und auch grauen Pferdekörpern und werden von allen Seiten beschnüffelt. Besonders gefallen uns die zutraulichen kleinen weichen Fohlennasen, die unsere Hände liebkosen. Lisa erklärt uns, dass sich die jungen Tiere so früh wie möglich an den Menschen gewöhnen sollen.

Zwei Stunden später liegen wir noch ganz beseelt von diesem Erlebnis auf einer Eckbank in pechschwarzer Nacht. Rings um uns nichts als duftende Wiesen. Der Schrei eines Käuzchens. Das Bellen eines Rehbocks. Kein Licht, keine Autos. Nur wir beide – Kopf an Kopf unter dem Firmament eines endlosen Sternenhimmels. Über uns der große Wagen, von dem wir seit diesem Tag wissen, dass er kein eigenständiges Sternbild ist, sondern nur ein Teil eines größeren, nämlich des Großen Bären. Die sieben Sterne, die den Wagen bilden, sind die hellsten und auffälligsten Sterne des Bären. Darum erkennt man heutzutage sofort einen (Hand-) Wagen, und weniger einen

Bären, wenn man zum Himmel schaut. Immer wenn wir dieses Sternbild jetzt am Himmel sehen, suchen wir den Bären, weil er uns an ein Wochenende voller Wunder erinnert.

Neustadt an der Dosse, Mai 2023, Thema: Bären

Das alte Hotel

Das Grand Chalet Favre steht schon mehr als hundert Jahre im schönen Wallis, umgeben von hohen Bergen und ebenso alten Häusern, deren Balkongeländer sich im Sommer unter der Blumenpracht biegen. Im Winter sind es die Dächer, die unter der Schneelast ächzen. Da die meisten Schweizer Bauten aus Holz bestehen, können sich die Gebäude verständigen, indem sie mit den dunklen Balken knarren und sich Geschichten von damals erzählen. Das Hotel Favre hat im Gegensatz zu den benachbarten Scheunen und Wohnkaten viel Aufregendes erlebt und liebt es, damit zu prahlen. Einmal, das war im Winter 1931, wurde das Hotel von einer Lawine so arg beschädigt, dass kein Balken über dem anderen blieb. Das Restaurant war an diesem Abend gut besucht und eine Panik drohte auszubrechen. Da senkte das Favre in einer Ecke vorsichtig den Holzboden ab, sodass eine Art Rutschbahn in den Keller entstand. Die Gäste fanden dort Schutz, bis die Rettungsmannschaften kamen und alle lebend aus den Trümmern befreiten. So jedenfalls erzählt es das alte Hotel seinen staunenden Zuhörern. Eine andere Geschichte, die immer wieder gern gehört wird, ist die vom Brand im Jahr 1968, als der Küchenjunge Michel auf dem Herd eine Stichflamme erzeugte und damit die gesamte Ostfassade abfackelte. Auch hier reagierte das Favre und inszenierte einen Rohrbruch der Hauptwasserleitung im Küchenbereich. Das Wasser löschte das Feuer innerhalb einer Stunde und wieder kam niemand zu Schaden. Allerdings musste das verkohlte Holz der Ostfassade ausgetauscht werden und das Favre bekam auf der Eingangsseite eine moderne Steinfassade. „Ich bin jetzt bekleidet", pflegt es zu den nackigen Holzhäusern rundherum zu sagen.

„Nun mach mal halblang", empört sich das Landratsamt von gegenüber. „Du erzählst immer wieder die gleichen Geschichten. Das wird auf die Dauer langweilig. Hast du nicht etwas aus jüngster Zeit zu berichten?"

Das alte Hotel schweigt und in seinem Gebälk arbeitet es. In der Neuzeit gibt es leider keine Gelegenheiten mehr, Personal oder Gäste zu retten. Dafür sind Rauchmelder, Alarmanlagen und Lawinenwarngeräte zuständig.

„Es ist lange nichts Dramatisches mehr passiert", gibt das Favre kleinlaut zu. „Die Menschen haben gelernt, sich abzusichern."

„Es müssen ja nicht immer Katastrophen sein", knarzt der Krämerladen vom Marktplatz herüber. „Lass mal was Schönes hören. Was fürs Herz!"

Favre seufzt melancholisch und lässt leise die Fensterläden klappern. „Da gibt es tatsächlich etwas, das mich sehr berührt hat. Vor wenigen Wochen reiste ein Junge mit seiner Familie aus Luxemburg an. Er hieß Françoise und war gerade mal zwölf Jahre alt. Eines Morgens stand er als erster auf und erschien im Salon, um sich ans Klavier zu setzen und zu spielen."

Da Favre nicht weiterspricht, fragt der hölzerne Kirchturm neugierig: „Und was geschah dann?"

Wieder seufzt das alte Hotel. „Seit Jahrzehnten – so lange steht das Klavier schon im Salon – hat dort niemand mehr so schön gespielt. Klassische Titel von Chopin, Tschaikowski und Schostakowitsch spielte er nur nach Gehör und immer nur den Anfang. Dann begann Françoise zu improvisieren und es entstand ein ganz eigenes wunderbares Stück daraus. Dem Frühstückskellner passte das nicht, weil er die Order hatte, die Gäste mit moderner Popmusik vom Band zu beschallen. Er bat den Jungen, das Spielen einzustellen, was der auch tat. Doch er schaute so traurig aus …"

„Da musstest du natürlich wieder den Retter spielen", lacht das Landratsamt und schwenkt seine Fahnen im Wind.

„Was hast du getan?", wollen nun auch Krämerladen, Kirchturm und Kuhstall wissen.

Das Grand Chalet Favre öffnet stolz all seine Fensterläden und die Sonne spiegelt sich in den Scheiben. „Ich habe einen Kurzschluss ausgelöst, der die gesamte Stromversorgung im Haus lahmlegte. Es gab an diesem Tag keinen Kaffee und keinen Toast zum Frühstück. Auch keine Musik vom Band. Dafür aber ein Konzert des kleinen Françoise. Er spielte wie ein junger Gott, seine Finger glitten über die Tasten und sein schmaler Körper bewegte sich im Rhythmus der Musik. Als der letzte Ton verklungen war, applaudierten die Gäste begeistert und Françoise stand auf und umarmte einen nach dem anderen. So glücklich war er, dass er spielen durfte."

Plötzlich meldet sich die uralte Holzterrasse des Grand Chalets zu Wort, die in all den Jahrzehnten noch nie gesprochen hat. „Ich habe diese Musik gehört. Sie brachte meine Balken zum Schwingen und überall war nur noch Freude und Leichtigkeit. Ich danke dir, alter Favre und es wird Zeit, dir zu sagen, dass ich froh bin, ein Teil von dir zu sein."

Die Fensterscheiben des Hotels klirren leise wie tausend feine Glöckchen. Favre ist nicht in der Lage, weiterzusprechen. Er hat das Klavierspiel des kleinen Françoise in seinen dicken Wänden abgespeichert und wird die Töne jederzeit summen können, wenn der Wind günstig steht. Für seine hübsche Terrasse, die er über alles liebt und für all die nackten Häuser ringsherum.

St. Luc / Schweiz, August 2023, Thema: Bekleidung

Charlie und die Gabel

Seit ich 1982 meinen Platz an der Uferpromenade am Genfer See fand, war ich die zentrale Figur und der Touristenmagnet in Vevey. Auf dem Kopf die Melone, in meiner Rechten den berühmten Spazierstock und in der Linken halte ich eine Rose über meiner Brust. Mein Gesicht mit dem kleinen Schnauzer ist gut getroffen, ich schaue verträumt und auch etwas verschmitzt über das Wasser hinüber zu den schneebedeckten Gipfeln der Alpen. Schon zu Lebzeiten liebte ich diesen See, immerhin verbrachte ich hier vierundzwanzig glückliche Jahre mit meiner Familie auf dem alten Weingut oberhalb der Stadt.

Doch dann geschah etwas, das mich verwirrte. 1995 hatte das Alimentarium, das Lebensmittelmuseum von Vevey, sein 10. Jubiläum. Zu diesem Anlass wurde eine acht Meter hohe Gabel aus Inox mit den Zinken nach unten in den See gesetzt, genau in meine Blickrichtung.

Sie störte mich enorm, vor allem, weil die Menschen sich nun mehr mit der Gabel als mit mir fotografieren ließen. Zum Glück blieb sie nur ein Jahr dort und wurde danach entfernt. Ich genoss wieder freie Sicht und die Besuche meiner Fans aus aller Welt. Wie groß war mein Entsetzen, als die Riesengabel im Jahr 2007 zurückkam und wieder zehn Meter entfernt von mir mitten im See platziert wurde. In jedem meiner Filme habe ich bewiesen, dass ich die Menschen verstehe und auch ihren Humor. Aber eine acht Meter hohe Gabel als Kunstobjekt in einen der schönsten Alpenseen zu installieren, überstieg dann doch mein Verständnis. Natürlich gab es neben mir viele weitere Gegner dieser Aktion. Doch nach zwei Jahren Streitigkeiten durfte die Gabel im See bleiben. Für immer.

Ich schaute sie an. Tagein und tagaus. Nicht mehr verschmitzt, sondern grimmig. Freute mich, wenn Nebel aufstieg, die Gabel einhüllte und versteckte. Vor mir und den Touristen. Dann war es fast wie früher. Ich bemitleidete mich selbst und versank in meinem Groll, bis sie an einem schönen Herbstmorgen begann, mit mir zu kommunizieren. Das mag merkwürdig klingen, aber ich habe es sofort gefühlt. Die Morgensonne spiegelte sich in ihrem glänzenden Stiel und sie schickte einen Lichtstrahl zu mir herüber. Dieser traf genau auf meine Rose und ich fühlte Wärme im Herzen. Die Gabel begann, mit der Sonne zu spielen und mich zu necken. Ließ den Strahl über meine Hand bis zu meinem Gesicht wandern, wo er meine Lippen umspielte und meine Nase kitzelte. Ich musste schmunzeln und die Gabel blinkte und blitzte mir zu. Seitdem ist sie meine Freundin. Meine Verbündete. Sie liebkost mich und ich schenke ihr mein Lachen, mit dem ich schon damals Millionen von Menschen begeistert habe. Hier am Genfer See erfreut es die Touristen und die Gabel, die es mit ihrer Größe ins Guinnessbuch der Rekorde geschafft hat. Chapeau!

Vevey / Schweiz, September 2023, Thema: Kommunikation

Nachwort

Nun seid ihr an der Reihe. Geht hinaus und sucht nach den Wundern, die euch zum Staunen bringen. Mich faszinieren zum Beispiel nächtliche Ausflüge auf dem Wasser und der Sternenhimmel. Davon gibt es im Buch gleich mehrere Geschichten. Was ist es bei euch? Gern können wir uns darüber austauschen unter: writeandride@gmail.com

Bedanken möchte ich mich bei den Mitgliedern des Schreibforums „Buchreif" und der „Autorenwiese" für die kreative Zusammenarbeit und die Motivation. Der Austausch mit euch macht mir großen Spaß! Ein besonderer Dank geht an meine Testleserinnen Ylvie Wolf, Roswitha Schreiner, Beate Wohler, Barbara Finke-Heinrich, Sabrina Meinen und Britta Bendixen. Ihr habt jeweils eine Auswahl der Texte unter die Lupe genommen und Fehler sowie Unverständlichkeiten aufgespürt. Mein Dank geht auch an Johnny Braun von www.tauchparadies.org – wo hätte ich sonst ein Foto von der Seefeder herbekommen? Du hast sie mit eigenen Augen gesehen! Ein großes Dankeschön übermittle ich an Siegfried Dierker vom DigiBuchService. Das Buch hat durch Ihren Service wieder ein wunderbares Cover und den professionellen Buchsatz erhalten. Auch für die unendliche Geduld beim Einarbeiten der Fotos möchte ich mich bedanken.

Und das Wichtigste zum Schluss: Das bist du für mich, Schilli! Du begleitest mich schon über dreißig Jahre durchs Leben. Die Reisen und Ausflüge haben wir meist gemeinsam unternommen. Deshalb ist das Buch auch für dich. Du unterstützt mich in jeder Hinsicht, bist Partner, Freund und engster Vertrauter. Ich liebe dich!